UNIVERSITY OF NORTH CAROLINA
STUDIES IN THE ROMANCE LANGUAGES AND LITERATURES
Number 69

I0660976

LE LIVRE DU ROY RAMBAUX DE FRISE

LE LIVRE DU ROY RAMBAUX DE FRISE

EDITED BY

BARBARA NELSON SARGENT

CHAPEL HILL

THE UNIVERSITY OF NORTH CAROLINA PRESS

DEPÓSITO LEGAL: V. 823 - 1967.

ARTES GRÁFICAS SOLER, S. A. - JÁVEA, 30 - VALENCIA (8) - 1967

TABLE OF CONTENTS

PREFACE

Le Livre du roy Rambaux de Frise (Arsenal MS 3150) is an anonymous prose romance of the fifteenth century. It is mentioned by Gustave Gröber in *Grundriss der romanischen Philologie* (II, 1196; Neue Folge II, 160), by Frédéric Godefroy in *Dictionnaire de l'ancienne langue française* (entries "arranger" and "consolider"), and by Brian Woledge in *Bibliographie des romans et nouvelles en prose française antérieurs à 1500* (p. 104), and described by Henry Martin in the *Catalogue des manuscrits de la Bibliothèque de l'Arsenal* (III, 269). The present edition consists in a transcription of the manuscript together with a study of its sources, linguistic traits, and literary qualities. The edition was originally issued in offset form in 1963 as part of the "Estrikken" series of the Frysk Ynstitút oan de R. U. to Grins (Groningen) and appears here with certain revisions and additions; I am grateful to Dr. W. J. Buma of the Frisian Institute for permission to re-issue it.

I acknowledge with gratitude my debt to Professor Woledge of the University of London, who first brought the romance to my attention and has been most generous with his time and advice. I am greatly obliged to Dr. Lionel J. Friedman of the University of Washington for checking the transcription and offering valuable criticisms and suggestions. My thanks are due Dr. Dragan Plamenac of the University of Illinois, upon whose erudition I have drawn heavily for the musical portion of the manuscript. The transcription of the music into modern notation was done by George Sargent. Others who have kindly assisted me are Dr. A. G. Jongkees of the University of Groningen, Dr. E. Kossman of the University of London, Dr. Willi Apel of Indiana University, Dr. H. K. Andrews of Oxford University, M. L.-M.-J. Delaissé of the Bibliothèque Royale de Belgique, and Mlle Marguerite Pecqueur of the Institut de Recherche et d'Histoire des Textes at Paris.

CHAPTER ONE

THE MANUSCRIPT

DESCRIPTION

Le Livre du roy Rambaux de Frise et du roy Brunor de Dampnemarche is bound alone in Arsenal MS 3150, a handsome volume executed with care and art. The binding is of brown morocco bordered with designs in gold. The gilt-edged pages measure 150 by 213 mm. except for fol. 1, which is unevenly cut about five mm. narrower than the others. Within the covers at either end of the volume are four blank pages of paper, the last of which bears "1465," r°, in the lower right corner. There is one blank parchment page just before and just after the text; the latter, comprising 67 folios, is on parchment. The location of catchwords shows that the gatherings are in sets of eight, with the first blank parchment folio and the first two written folios in a gathering by themselves.

The text consists of a detached part of the story (fol. 1)[1], a table of contents (fol. 2), a short prologue (fol. 3), and seven chapters, of which the fifth contains music. It is written in long lines, sixteen to a page, leaving wide margins. Guidelines are red except on fol. 1, where they are brownish and presumably were black when the manuscript was new. At the top of the first folio there is inscribed, in handwriting different from that of the text, "Monasterii B. Marie de Laude." The text seems to have been copied throughout by a

---

[1] Which looks like an addition. Martin terms it "Partie de cet ouvrage ou d'un préambule de ce même ouvrage. Un ou plusieurs feuillets ont disparu en tête du volume" (loc. cit.). In this edition fol. 1 is treated as an appendix.

single, meticulous hand. The scarcity of abbreviations is one indication among many that the volume was an important one and that cost of parchment was not a consideration. Ornamental capitals in color appear on most of the pages; small letters on the top and bottom lines are frequently elongated into a flourish. On fols 46v°— 48v° the initial letters are missing from the words *Le, Maiz, Teneur,* and *Contre.* The table of contents and the chapter headings are in red; everything else is in black.

There are eight large colored miniatures, one beginning the prologue and one standing at the head of each chapter; each, except for the first, illustrates some episode of the following section. Their artistic merit is slight; faces are coarsely drawn, detail is lacking, and perspective is a matter of intention rather than execution. Three of the eight are adorned in the margin with a column entwined with blue and white belts bearing the device "Esperance." In one miniature a blue belt with the same device encircles a bear's neck; in another reclines a dog with a plain blue collar. Two other miniatures are edged with gold fleurs-de-lys on a blue ground. One margin holds a man crowned, sceptre in hand, wearing a blue robe with gold fleurs-de-lys; another shows a naked wild man covered with hair. The first miniature has in the margin, in addition to belts and device, a shield with three gold fleurs-de-lys on a field azure crossed by a bend gules charged in chief with an indistinct blob of azure and gold.

DATE

Although one cannot say precisely when the story was composed and the extant copy made, it is possible to date the manuscript within certain chronological limits through consideration of handwriting, musical notation, costumes in the miniatures, literary themes, and the probable first owner.

The handwriting appears to date from the third quarter of the fifteenth century and is of the transitional type called bastarda. [2]

---

[2] See Joachim Kirchner, ed., *Scriptura latina libraria* (Munich, 1955), Table 49b. Henry Martin describes it as "de la fin du XVᵉ siècle" (loc. cit.).

As for the musical notation, it is of the kind generally used in France in the second half of the fifteenth century. Dr. H. K. Andrews has tentatively suggested the period 1460 — 1480.

The clothes and other details of toilet in the miniatures aid in dating the manuscript, since one can assume that they reflect styles current in the artist's day. Of the various details shown, three are particularly significant: the high hennins of the women, the long, pointed shoes, or *poulaines,* of the men, and the masculine coiffure of hair flowing to the nape of the neck or to the shoulders, combined with a clean-shaven face (the only exception being bearded King Rambaux). Writers on the history of costume give varying beginning and terminal dates for the hennin; most agree with Joan Evans[3] in assigning it to the second and third quarters of the century. The *poulaine,* much favored in Burgundy and elsewhere in the 1460's and 1470's, began to lose popularity around 1480 and vanished forever around the turn of the century.[4] It was toward the middle of the century[5] that men, abandoning the unbecoming "bowl" cut, began to wear their hair long. Beards had disappeared early in the 1400's and remained out of style for the rest of the century.[6]

Some evidence of use in dating *Rambaux* is to be found in the text itself. Linguistically it is characteristic of the fifteenth century (though in plot, *topoi,* and attitudes it is close to the fiction of the High Middle Ages). As for the legendary "kingdom" of Frisia, it was a common subject at the Burgundian court during the reign of Philippe le Bon (1419-1467); the romance may well have been composed at the time when this theme became popular. This matter will be treated in Chapter III.

The coat of arms in the first miniature is in effect an owner's mark and should serve to identify the person for whom the manuscript was copied. Henry Martin writes:

---

[3] *Dress in Mediaeval France* (Oxford, 1952), p. 57.

[4] Francis M. Kelly and Randolph Schwabe, *A Short History of Costume and Armour* (London, 1931), p. 41. Michèle Beaulieu and Jeanne Baylé put its disappearance earlier, around 1480, in *Le Costume en Bourgogne de Philippe le Hardi à la mort de Charles le Téméraire (1364-1477)* (Paris, 1956), p. 86.

[5] Camille Enlart in his *Manuel d'archéologie française* (Paris, 1916), III, 212, has the "bowl" cut continuing as late as 1460.

[6] Herbert Norris, *Costume and Fashion* (London, 1927), II, 445 and 448.

Ce manuscrit a été exécuté pour Pierre de Beaujeu, duc de Bourbon, dont la devise "Espérance" se trouve dans plusieurs encadrements. Au fol. 3 on voit aussi ses armes: d'azur à trois fleurs de lys d'or, à la bande de gueules, chargée en haut d'un lionceau de sable. [7]

Pierre de Beaujeu, a younger son of Duke Jean II of Bourbon and nephew of Philippe le Bon, married Anne de France in 1474 and in 1482 was appointed *lieutenant-général* of the realm. He acted as co-regent with his wife during the minority of Charles VIII. The manuscript, if he was the first owner, must have been made between 1440, his birth date, and 1488, when he became duke of Bourbon and exchanged the armorial bearings shown in the miniature for those of Bourbon (which are identical except that the bend gules has no charge.) [8]

With the middle of the century as the *terminus a quo* and the 1480's as the *terminus ad quem* for the copying of the manuscript,

---

[7] Loc. cit. It has been mentioned above (p. 12) that this indistinct charge is not black on red, but rather blue and gold.

[8] Dr. A. G. Jongkees, for one, questions this attribution in a letter, suggesting Louis de Bourbon (nephew of Philippe le Bon, brother of Pierre de Beaujeu, and bishop of Liège from 1455/6 to 1482) as the Bourbon prince for whom the manuscript was made. "As far as I know, the owner's mark does not indicate any particular member of the House of Bourbon. My reasons for thinking so are not only the wholly Burgundian flavour of the text, and of the MS., but the fact that the MS. is known to have been in the possession of the monastery of N. - Dame de Looz near Lille, and especially the circumstance that in some places the text reminds one of the *Mireur des Histors* of Jean d'Outremeuse.... Among other things: in both texts (and in no other one known to me) is to be found a Frisian king called Raimbaud. But whether the original owner is Peter of Bourbon or Lewis, in any case the story has been written in the Burgundian Netherlands, or in the close vicinity — because of the relation with Burgundian notions, and also because the writer (as distinct from most medieval Frenchmen) really knows something of the geographical whereabouts of Frisia (but the real Friesland, rustic and non-feudal, is strangely unlike his feudal kingdom, adorned with large towns, strong castles, and a splendid chivalry). The MS. itself has, I believe, the same origin." (Quoted by permission.) On the other hand, in a recent study of coats of arms in French manuscripts, published in the *Bulletin d'information de l'Institut de Recherche et d'Histoire des Textes* (Paris, 1955), p. 125, the arms of Arsenal MS 3150 are described exactly as in Henry Martin's catalogue. Mlle Marguerite Pecqueur, editor of this *Bulletin,* examined the manuscript with the present author and pronounced the arms unhesitatingly to be those of Pierre de Beaujeu. Although doubts may still be entertained, this identification has much weight of authority behind it.

and also presumably for the composition of the romance, we may propose that they both date from the third quarter of the fifteenth century.

HISTORY

From the time it was presented to Pierre de Beaujeu (if indeed it was) until the time it came into the Arsenal collection, the peregrinations of the manuscript are difficult to follow. It may have passed at Pierre's death to the Moulins library of Charles, count of Montpensier, yet it does not appear in Le Roux de Lincy's reprint of the inventories of that library made in 1507 and again in 1523. It somehow fell into the possession of a northern Cistercian monastery, as attested by the inscription on fol. 1. Henry Martin mentions MS 3150 among the manuscript articles acquired by the bibliophile marquis de Paulmy d'Argenson from the catalogue of d'Aguesseau,[9] but does not make it clear whether he means the text under consideration or 3150 of d'Aguesseau's catalogue. At any rate, the manuscript was at some time acquired by Paulmy (who died in 1787) and is listed in the eighteenth-century manuscript catalogue of his private collection,[10] the nucleus of the Bibliothèque de l'Arsenal.

---

[9] Martin, op. cit., VIII, 275, note 3.
[10] "Catalogue de la bibliothèque du marquis de Paulmy (Catalogue raisonné d'une grande bibliothèque)," MS (Bibliothèque de l'Arsenal), eighteenth century.

CHAPTER TWO

THE ROMANCE

It cannot be said of *Le Livre du roy Rambaux de Frise* that it is the product of an extraordinary talent. A comparison of it with the better-known French prose literature of the same century is not in its favor; it lacks the sustained interest of *Jehan de Paris*, the detailed character-drawing and description of the *Histoire du Petit Jehan de Saintré*, the verve and spice of the *Quinze Joies de mariage* and the *Cent Nouvelles Nouvelles*. [1] Yet it is not to be despised on that account; if it is no masterpiece, it is none the less valuable, like other works of secondary merit, in the history of literature and of thought.

One had best begin an appreciation of the romance with a summary. The story commences:

> Jadis eust en Frise ung roy lequel s'appelloit Rambaux, et tout le temps de sa jeunesse avoit esté moult preux et vaillant et avoit fait maintes armes et chevaleries dignes de memoire. Or estoit il ja vieulx homs ....

He has one child, his daughter Florissant, who is sought in marriage by numerous princes. Of these the least attractive is the despotic King Brunor of Denmark, whose first impulse is to invade Frisia, marry the princess by force, and annex the territory; but he is persuaded to send an embassy to Rambaux. The latter's council recommend that the suit be rejected. When the ambassadors return

---

[1] The literary qualities of these works are analysed by Werner Söderhjelm in *la Nouvelle française au XVe siècle* (Paris, 1910).

empty-handed, choleric Brunor prepares for war. He goes about it treacherously, telling the Frisians on arriving at the border that he has been invited to come and marry the princess; because of this subterfuge the Frisians let him enter with his army. Once admitted, he proceeds to devastate the country. Word of this promptly reaches Rambaux, who can no longer bear arms and has no other recourse than prayer. But he is soon cheered by the appearance at his court of Othon, a Spanish knight of great reputation, who offers to take up the cause of Rambaux. Florissant falls in love with him without delay. An army is hastily organised under Othon's leadership and sets out. After some skirmishing comes the main battle; Brunor and Othon meet in single combat and Brunor is killed; the Danish army is routed. There is rejoicing in the land and much festivity at court. Rambaux asks his council the best way of rewarding the hero; after lengthy debate they evolve the plan of marrying him to the princess and making him the heir to the throne. Rambaux consults his daughter on this and realises, in spite of her noncommittal replies, that she is entirely willing. As for Othon, he modestly demurs and then accepts. There are further celebrations culminating in the splendid marriage feast, during the course of which Florissant sings a *rondeau*. In due time there is a second feast to celebrate the baptism of the male child born of this union. During an ensuing absence of Othon and his wife the old king falls sick and tries to abdicate in favor of Othon, so that he himself may pass the remainder of his days in prayer. This plan does not meet with general approval; upon his return Othon finds the populace much agitated at the thought of being abandoned by their beloved king. Othon refuses to accept the crown before the death of Rambaux. This has a salutary effect on the latter; his health suddenly improves and he spends a year doing works of charity. Then, feeling the end approaching, he makes his will, receives the Sacrament, and dies. Othon continues to follow the good example set by his predecessor. Word of him reaches the king of Spain, on pilgrimage in the vicinity, who sends to learn whether this Spanish-speaking Othon might be his nephew. He is indeed, and invites his uncle to the coronation. Afterward, Othon makes a tour of his new territories to obtain first-hand information about them and to receive the homage of his subjects. He reigns thirty-five years in peace and prosperity, distributing justice and charity. His wife matches him in virtue; and one can reasonably suppose that "amprés leur trespas furent glo-rieusement colloqués au royaume de paradis."

The author calls his book *Le Livre du roy Rambaux de Frise et du roy Brunor de Dampnemarche,* and in his prologue describes it as an illustration of the fact that God does not always wait to reward the righteous and punish the wicked until they have departed this life, but occasionally metes out their just deserts while they are yet living. The narrative is thus constructed of a *sententia* followed and illustrated by a lengthy *exemplum,* a common and entirely acceptable form by medieval rhetorical standards. But within the *exemplum* there is a certain lack of clarity and direction. The story does show the temporal punishment of wicked Brunor, but his rôle is by no means important enough to justify the inclusion of his name in the title. As for Rambaux, he is undoubtedly one of the just who are favored with a temporal reward. So, also, is Florissant, and so is Othon. Is the romance about Rambaux? It is at least as much about Othon, who, if he does not appear until the second chapter, at least remains until the conclusion, a whole chapter after the death of Rambaux. It is Othon who does the fighting, it is Othon (with Florissant) who supplies the love-intrigue, it is with Othon that the two long debates [2] are concerned, it is for Othon (his victory, his marriage, the baptism of his son, his coronation) that the numerous lavish celebrations take place. However much the author may have intended to make Rambaux the center of the story, a weak old man who needs others to do his fighting for him is not the stuff that medieval protagonists are made of. Othon —young, courtly, and invincible in battle— is the natural choice for the main character; but the author's endeavors to give importance to the rôle of Rambaux [3] create a marked ambiguity concerning the center of gravity of the tale. This work, in short, suffers from a flaw charac-teristic of late-mediaeval productions generally: it lacks singleness of vision; multiplicity of detail takes the place of unified structure. [4]

---

[2] Lines 486-577 and 821-879.

[3] Which may possibly have been built up for political reasons; see below, pp. 28-31.

[4] It may, of course, be objected that this sort of criticism errs in applying the standards of one age to a literary production of another. The objection is in general a valid one, but may be answered in this instance by saying that if a twentieth-century reader finds defects in the romance, so presumably did the author's contemporaries. Such a supposition is prompted by the fact

As for its genre, *Rambaux* reflects and vacillates among a plurality of traditions: *conte pieux, roman d'aventures,* and *chanson de geste* are all represented and superimposed on one another, with *roman d'aventures* predominating.

Apparently the author's intention was not so much literary as didactic. We have here the edifying tale of two exemplary kings, both adorned with all the virtues one might wish: they are just, prudent, wise, charitable, pious, chaste, considerate of others, and mighty in battle (each in his season). Othon has the additional charm of physical beauty. As for the heroine, she has all the feminine virtues, including the capital one of ability to produce a male heir. These characters are almost totally devoid of individuality; they are models rather than persons, forming a lesson on what kings and queens must be if they are to find favor with God and man. In this respect the story is entirely consonant with the prologue, which declares that the story that is to follow illustrates God's treatment of "ses vrays et bons serviteurs" as well as that of "les desloyaulx et oppresseurs."

The author shows himself to be an uncritical recorder of the events and *milieu* presented. His tone in whatever he treats, whether battles, royal feasts, or the formal and erudite debates, is one of approbation; to all such matters he gives good language and much the same choice of words. His attitude of admiration and approval fails only in the case of Brunor and those who oppose Othon as heir to the throne.

An interesting feature of *Rambaux* is that it marks a stage in the development of one kind of realism: the representation in a work of fiction of actual customs, actual conditions, actual places. Othon, for example, is a knight-errant of the kind dear to authors of earlier *romans d'aventure.* Like many of his literary predecessors he has a specific country of origin. Unlike many of them, he shows some genuine sign of nationality. Being a Spaniard, he speaks Spanish, a language foreign to the region in which the story unfolds; he therefore needs interpreters in order to communicate with Rambaux and Florissant — interpreters who, as it happens, are already at court.

---

that although the manuscript was made for a member of the high aristocracy and thus had an excellent chance of being widely read and copied if well received, there is only one extant copy of the text. This is not conclusive evidence of failure to please, but is suggestive of it.

The possibility of a language-barrier was not often envisaged by earlier French authors; in most of the epics and romances the characters, whatever their origins, speak fluent French, or rather do not consciously speak *a language* at all. [5] A language-barrier between hero and heroine is especially rare.

The author's concern with realistic detail manifests itself again in the geographical information he supplies. His Frisia is not a vague *là-bas* in which the characters meet strange adventure; it is an actual territory, painstakingly located with respect to neighboring countries and the sea, possessing its own unique topography, and rejoicing in a set of exotic place-names for cities and rivers and islands. The author may have been hazy or even mistaken about some of these details, [6] and the effect produced by his circumstantiality may be one of local color rather than geographical realism, but there can be no doubt that the latter was the effect intended. [7]

Despite this realism, *Rambaux* remains a somewhat anachronistic tale, a rendering in fifteenth-centure prose of subjects and themes much treated in the verse epics and verse romances of an earlier period.

---

[5] See H. J. Chaytor, *From Script to Print* (Cambridge, 1950), pp. 26-29, about medieval inconsistency in this respect and about references to interpreters. Godefroy offers numerous examples of *trucheman, latimier.*

[6] See below, p. 32.

[7] Jens Rasmussen has pointed out the close resemblances between fiction and chronicle at this period in *la Prose narrative française du XVᵉ siècle* (Copenhague, 1958), pp. 55-56.

Chapter Three

THE SOURCES

Rambaux is composed of numerous stock figures and situations: a maiden whose heart is won by a wandering stranger, a wicked lord who tries to win her by force, a champion who takes up her cause, the defeat of the villain in single combat, the ensuing marriage of saviour and saved, as well as enumerations of the moral and physical virtues of hero and heroine, descriptions of costumes and festivals, accounts of messages sent and received, of embassies and councils, of pilgrimages and good works. These are commonplaces of medieval literature; many of them have been traced to classical antiquity and to folklore.

The romance has, on the other hand, two themes that distinguish it from the majority of fiction of its time: King Rambaux and his kingdom of Frisia. These are topics the sources of which are many and diverse. Early Frisain history (as much of it as was generally known in the Middle Ages), an assortment of *chansons de geste,* the political ambitions of Philippe le Bon, and early geographical treatises are responsible for them in varying ways and degrees.

There was in the late seventh and early eighth century a ruler of Frisia named Radbod, who was called *rex* by the Anglo-Saxons and *dux* by the Franks. (Bede always refers to him as *rex.* [1] On the other hand, the *Grandes Chroniques de France* call him *ducem* [2] and *duc,* [3]

---

[1] A. G. Jongkees, "Het Koninkrijk Friesland in de vijftiende eeuw" (Groningen, 1946), pp. 14-15.

[2] Jules Viard, ed. (Paris, 1921 sq.), II, 211.

[3] *Ibid.,* p. 227.

carefully distinguishing him from a *king* of Frisia named Godebues [Gondebues, Gondrebues]. [4] This Radbod, unlike his predecessor Aldgils, was hostile to Christianity. In 689 he undertook a war against Pippin of Heristal, with the result that he was defeated and gave up to his conqueror all of western Frisia from the Scheldt to the Zuider Zee. He was further compelled to give his daughter in marriage to Pippin's son Grimoald. But his fortunes later improved; the *Algemene Geschiedenis der Nederlanden* relates that:

> Pepijns dood in 714 ontketende een reactie; zijn weduwe Plectrude zag zich in Keulen door de Neustriërs met de Friezen belegerd, terwijl koning Radbod (679-719) zijn rijk in de richting van de Rijnmonden, ja nog verder, aanzienlijk kon uitbreiden. Dit is de grootste, maar niet hecht gefundeerde en daardoor kortstondige expansie van Friesland. [5]

Radbod fought not only with Pippin but also with his illustrious son Charles Martel, defeating the latter at Cologne in 716 and thus winning further notoriety. His fame, however, is of the vaguest kind; it is not known whether he was Frisian or Danish, whether he ruled over all of Frisia or only a part of it, and what the nature and extent of his power were. [6] Yet he made a sufficient impression on his contemporaries to survive in medieval historiography.

An examination of the treatment he is accorded in French chronicles before the fifteenth century reveals that historians viewed him without much enthusiasm, as a pagan and a loser of battles. The *Grandes Chroniques de France* from the thirteenth century merely recount Pippin's victory without comment or additional detail. [7] As for their account of the war with Charles Martel, the *Chroniques* narrate an invasion:

---

[4] Ibid., III, 229, 237, 285.

[5] "Pippin's death in 714 unleashed a reaction; his widow Plectrude saw herself besieged in Cologne by the Neustrians and the Frisians, while King Radbod (679-719) succeeded in considerably extending his rule in the direction of the Rhineland and even farther. This is the greatest expansion of Frisia; but it was not firmly established and was therefore of short duration." P. C. J. A. Boeles et al. (Utrecht, 1948-59), I, 388.

[6] Jongkees, p. 7.

[7] II, 211.

> En ce tens avint que li Frison, qui sont gent cruel et hardie,
> se rebellerent contre lui [Charles Martel] trop cruelment;
> là ne pooit on aler par terre, car cele regions est aceinte
> de mer; pour ce li covint assembler grant navie de nés et de
> galies pour passer en Frise. En mer se mist et arriva en cele
> terre par l'aide Nostre Seignor: Austrasie et Anistrachie,
> II contrées de cele region, tresperça totes et cercha, et
> mist tot à destruction par feu et par occision. Radbode,
> le duc de Frise, encontra sur I flueve qui est apelez Burdo-
> ne, à li se combati et l'occist, et lui et tot son ost; totes
> leur ydoles froissa et ardi. Atant retorna en France, en
> prosperité, à granz victoires et o granz despoilles de ses
> anemis. [8]

This passage is particularly interesting in that an invasion of the
kingdom of Frisia by the king of Denmark forms one of the inci-
dents in *Le Livre du roy Rambaux de Frise*.

Like many another historical figure of the early medieval period, Radbod was in time provided with a legend, or rather a number of legends, and made into a stock character in epic literature.
Here he is distinctly a more sympathetic figure than in the chronicles. He and a successor, Radbod II (who reigned from 749 to 792
and hence was a contemporary of Charlemagne), appear to have
merged in the popular mind into one person, of many and varying
adventures in numerous places but somehow associated with Charlemagne. [9] His earliest appearance seems to be in the *Chanson de
Roland:*

> Et l'oidme eschele at Naimes establie
> De Flamengs est e des barons de Frise.
> Chevalers unt plus de .xl. milie.
> Ja devers els n'ert bataille guerpie.
> Ço dist li reis: "Cist ferunt mun servise."
> Entre Rembalt e Hamon de Galice
> Els guíeront tut par chevalerie. [10]

The choice of Rembalt as joint commander of a division of Flem-
ings and Frisians suggests that he himself is of one or the other

---

[8] II, 227.

[9] Or possibly it was Charles Martel who was confused with Charlemagne,
or both Radbods and both Charleses became blurred into the fictional "Raimbaut" and "Charlemagne" respectively.

[10] Joseph Bédier, ed. (Paris, 1922), lines 3068-74.

nationality. The connection between the man and his origin is established unequivocally in *Aye d'Avignon*, during the arming of Auboïn:

> A son col pent l'escu qui fu Reimbaut de Frise. [11]

In *Girart de Roussillon* there is mention [12] of a Frisian King who declared war on Charlemagne, and some pages later we learn that Girart fought for Charlemagne against three pagans and forced Rabeu le freis (Oxford MS) or Robrieu lo fres (Paris MS) to submit to Charlemagne. Paul Meyer proposes the identification Rambaut de Frise for this figure. [13] *Renaus de Montauban* has two passing references to Raimbaut le Frison, Rembaut le Fris. [14] Mentions of him are more frequent in *La Chevalerie Ogier de Danemarche* of Raimbert de Paris; here he is "le duc Rainbalt de Frise," [15] included at each appearance in a group that strikes great blows. The author is patently well disposed toward him; yet he is on the wrong side in the battle and is killed by Ogier.

Gaufrey furnishes further information about him. Among the descendants of the twelve sons of Doon there are five kings, sixty dukes, thirty-five counts; the succession includes Hernault de Vantamise, Garnier de Nantueil, Regnaut de Montauban, Aalart l'ainsnés, Richart and Guichart, Maugis le larron, Baudouin de Flandres,

> Ogier le Danois (qui fu de grans bontés)
> S'en fu le duc Raimbaut, le Frison naturés [16]

and others. Later,

> Gaufrey fu sus le mur apoué au perron,
> Et son frere Girars, qui puis tint Roussillon,
> Et son frere duc Buive, qui puis tint Aigremon,
> Et Doon, qui Nantueil ot puis tout environ,

---

[11] F. Guessard and P. Meyer, eds. (Paris, 1861), line 361.

[12] Paul Meyer, ed. (Paris, 1884), p. 106.

[13] Ibid., p. 109. W. M. Hackett in her edition of this epic (S. A. T. F., Paris, 1953-55) lists the name in the index of proper names, but does not discuss it.

[14] H. Michelant, ed. (Stuttgart, 1862), lines 47 and 136.

[15] (Paris, 1842), line 5934.

[16] F. Guessard and P. Chabaille, eds. (Paris, 1859), lines 2551-52.

Et Grifonnet son frere, qui ait maléichon,
A qui Gaufrey donna tout premier Grellemont:
Morant et Baudouin et Raimbaut le baron
Et tous les .xii. fis qui sunt enfans Doon. [17]

This clearly puts Raimbaut among the *enfans Doon.*

Having been provided with a father, eleven brothers, and sundry distinguished relatives in *Gaufrey,* he acquires a bosom friend (Hamon de Galice, with whom his name is merely linked in the *Roland*) and a wife in the *Karlamagnús saga,* in which he plays a much more prominent rôle than in the surviving French epics. Here he asks and receives the hand of Charlemagne's sister Gille (Gelem) along with her dowry of all the lands from Flanders to Denmark. [18] In *Gui de Nanteuil* appears the daughter of this marriage:

> Kalles ot une nieche que il forment ama,
> Ele ot à nom Flandrine, avec soi l'amena. [19]

The lady identifies her parent by saying:

> Mes peres fu Raimbaus le Frison, voirement. [20]

Even more interesting is the manner in which references to Raimbaut are treated in this epic. He never appears in person, but is only mentioned in connection with other persons or with inanimate objects. The first reference is in line 478; Ayglentine, the heroine, asks to be given a *mantel* by Girart and Perron de Monbise,

> Chil fu ja escuier au duc Raimbaut de Frise.

He is not alluded to again until line 1962:

> Le rois ot une nieche, plus bele ne verrez,
> Fille fu au Frison dont vous oï avez.

---

[17] Ibid., lines 2814-21.
[18] Paul Aebischer, "Raimbaud et Hamon: Une source perdue de la *Chanson de Roland,*" *Le Moyen Age* LXIII (1957), 27-29 (a summary of Gaston Paris's *résumé* of the first *branche*).
[19] Paul Meyer, ed. (Paris, 1861), lines 2227-28.
[20] Ibid., line 2689.

This might be a *renvoi* to the first reference, but if so the audience would be required to remember a name mentioned once at a distance of nearly fifteen hundred lines. It is more likely that the "Frison dont vous oï avez" is someone of whom the audience had heard before the beginning of the *chanson* in hand. Indeed, this is the implication of line 478; the association of a very minor character with Raimbaut de Frise is clearly meant to throw a little derivative lustre on the former. Raimbaut was a figure familiar to everyone acquainted with the epic literature; an author could mention him, as a classical author could mention Achilles or Hercules, certain of instant recognition from his audience. [21]

The fact that Raimbaut was so well known, that he could be mentioned in passing without introduction or identification, is not sufficiently explained by the brief and sketchy references that have come down to us. It seems probable that he was a major figure or even the main figure in an epic that has since disappeared. Gaston Paris is of this opinion:

> Il devait exister en français un poëme sur la guerre de Frise, dans laquelle le principal adversaire de Charles était le roi Raimbaud. Ce poëme s'est perdu sans laisser de traces, mais nous avons conservé quelques belles légendes restées populaires en Frise sur la conversion de ce pays; Charles figure dans plusieurs d'entre elles. [22]

This possibility was strangely overlooked by Paul Meyer, who in his preface to *Gui de Nanteuil* nevertheless used the same process

---

[21] The Tournaisian chronicler Philippe Mouskés treats a reference to him in much the same way; in the midst of an enumeration of traitors and enemies who caused trouble for Charlemagne, we learn that Rainbaud too was harassed by such folk:

> Rainbaus, le Fris, tot ausement
> Fu moult grévés distroitement
> Par félons et par traïtours,
> Princes, marcis, dus et contors
> Ki France ont grévée souvent.

Chronique rimée, ed. Baron de Reiffenberg (Bruxelles, 1836-56), lines 8452-56. Editor's note: "Rainbaus = Radbod le Frison." The lines appear abruptly nearly 4000 lines after the mention of the conquest of the Frisians by Charlemagne.

[22] *Histoire poétique de Charlemagne* (Paris, 1865), p. 293.

of reasoning to deduce the existence of a lost epic about Doon de
Nanteuil. He says (excepting Garnier, whose name was eclipsed
by his wife's): "Autant de noms de héros, autant de titres de
poëmes . . . ." To this he appends a note: "Un seul nous manque,
celui de Doon de Nanteuil; mais plusieurs allusions en attestent
l'existence." [23] If allusions to Doon attest the existence of a lost
poem about him, allusions to Raimbaut must have the same impli-
cations for Raimbaut. The same thought has presented itself to
Reiffenberg, in his note on line 8429 of Mouskés' *Chronique*: "Tout
ce qui suit fait allusion à des fictions romanesques, à des chansons
de geste alors célèbres." Since what follows includes lines on Raimbaut (see p. 26, footnote 21), Reiffenberg here presumably indicates
a belief in a once-well-known *chanson de geste* that has not been
preserved. Aebischer, after a study of the *Karlamagnús saga*, has
come to the same conclusion; he postulates the lost poem to have
been *Raimbaud et Hamon.* [24]

What sort of figure is this legendary Raimbaut? It is difficult
to reconstruct any coherent image (if such ever existed) from the
scattered and fragmentary references in the extant French epics and
the *Karlamagnús saga*. Yet this much seems plain: Raimbaut was
a great warrior and the ruler of Frisia. He fought variously for
Charlemagne and against him. He had Doon de Mayence for a
father, Hamon de Galice for a companion, Charlemagne's sister for a
wife, and Flandrine for a daughter. He died, appropriately enough, in
battle, and it was Ogier de Danemarche who struck him down. Of
his attributes, three are unvarying: his lordship over Frisia, his
prowess in battle, and his connection (in one way or another) with
Charlemagne. These are, as we have seen, attributes with a base in
history.

The memory of Radbod survived in Frisia through the Middle
Ages. He was reputed to be a very different person from the Rambaux of Arsenal MS 3150, the wise old king beloved by his people.
The Frisians remembered Radbod as an evil man, a Danish despot,
from whose yoke Charlemagne had saved them. Before the sixteenth
century there is no indication of his being considered in Frisia as

---

[23] Op. cit., p. i.
[24] Op. cit., p. 38.

a deliverer or protector of his people, a reputation that he was to acquire later. [25]

As for the tradition of Frisian kings in general, it received support from an unexpected quarter in the fifteenth century when it was taken up by the duke of Burgundy in his rivalry with the king of France. In the secular hierarchy a king, however weak he might be, took precedence over the most powerful duke, and the lands of Philippe le Bon continued in law to be dependencies of the crowns of France and of Germany. Philippe was not a man to accept with good grace a subordinate position. How could he establish himself on an equal footing with the French king? Burgundy was not traditionally a kingdom (although in 1474 Charles le Téméraire was to speak publicly of the former kingdom of Burgundy, [26]) and had no royal title to offer. But there was the land of Frisia, which had come under the sway of the House of Burgundy in 1385 when Jean-sans-peur married Marguerite de Bavière, heiress of "les comtez de Haynau, Hollande, Zeeland et la seignourie de Frise." [27] As lords of Frisia the dukes of Burgundy claimed to be the successors of the ancient Frisian kings, and by his token to be kings in their own right. As early as 1436 Philippe le Bon announced that he reserved his rights on the Frisian crown. [28]

Talk of the kingdom of Frisia was, in consequence, common at the Burgundian court, and is reflected in the historiography of the period — inevitably, since the majority of outstanding historical works of the fifteenth century, as Molinier points out, [29] were composed by partisans of the Burgundian cause who in their writings betray Burgundian sentiment and sympathies. Among the official chroniclers of the dukes are numbered several of the best-known historians of that time: Georges Chastellain, Olivier de la Marche, Jean Germain, l'Evêque de Chalon-sur-Saône, Guillaume Fillastre, Thomas Basin, Jean Molinet. Many a writer not directly attached

---

[25] Jongkees, p. 17.

[26] Joseph Calmette, *Les Dernières Etapes du moyen âge français* (Paris, 1944), p. 145.

[27] Jean Molinet, *Chroniques*, ed. Georges Doutrepont and Omer Jodogne (Bruxelles, 1935-36), I, 28.

[28] Jongkees, p. 7.

[29] In *Les Sources de l'Histoire de France*. Mentioned by J. Huizinga, "L'Etat bourguignon, ses rapports avec la France, et les origines d'une nationalité néerlandaise," *Le Moyen Age* XL (1930), 175-76.

to the ducal court also gives proof of being well disposed toward
the dukes: Enguerrand de Monstrelet, le Religieux de Saint Denis,
le Bourgeois de Paris, Pierre de Fenin, Lefèvre de Saint Remy, and
Jaques du Clercq, *inter alia*. History became Burgundian. Thus we
find Jean Germain, chancellor of the Golden Fleece, writing in 1452
of "Frisia Maior, amplum et antiquum regnum...."[30] Georges
Chastellain, in the volume of his *Œuvres* covering 1454-58, mentions
the exertions of Philippe le Bon, titular but not *de facto* lord, to
achieve "la conqueste de son royaume de Frise...."[31] And, at the
end of the century, Olivier de la Marche refers to "La Haulte Frise,
que l'on nomme l'ung des XVII royaulmes crestiens...."[32] (This
notion was, in fact, being entertained even before the reign of Philippe; as early as the beginning of the century Froissart wrote of "Frise,
qui est ung grant royaulme et puissant...."[33]

The stream of writings about the kingdom of Frisia was swelled
by a second, northern stream concerning Frisian kings. In Holland,
once a part of the old Frisian kingdom, the memory of the old kings
had remained green in learned circles; and it is noteworthy that
Froissart, to whom we owe the earliest fifteenth-century reference in
French to a kingdom of Frisia, had lived in Holland and was subject
to a count who ruled over Holland. Among the kings known to
the lettered was Radbod, of particular interest to the churchmen of
Utrecht because he was considered the ancestor of the saintly
Bishop Radbod.[34] These Dutch sources may well have supplied at
least some of the information one finds in the French historiographers.

One of the latter, Jean d'Outremeuse, offers in his fourteenth-
century *Myreur des histors* some striking parallels with *le Livre du
roy Rambaux de Frise*.

> En cel an [718] esmut une guerre entre le roy de Danne-
> marche et Renbaut le roy de Frise.... Si entrat ly roy de

[30] *Liber de virtutibus Philippi Burgundiae ducis*, ed. Kervyn de Lettenhove (*Chron. relat. à l'hist. de la Belgique s. l. dom. des ducs de Bourg*. III,
Bruxelles, 1876), p. 26. Quoted in Jongkees, p. 6.

[31] *Œuvres*, ed. Kervyn de Lettenhove (Bruxelles, 1863), III, 158.

[32] *Mémoires*, ed. Beaune and d'Arbaumont (Paris, 1882-88), I, 93; III,
319. Quoted in Jongkees, p. 6.

[33] *Œuvres*, ed. Kervyn de Lettenhove (Bruxelles, 1871), XV, 179. Quoted
in Jongkees, p. 6.

[34] Jongkees, pp. 17-18.

> Dannemarche en Frise et le distruit grandement; mains ly roy de Frise vient contre luy à grant gens, et orent batalhe ensemble . . . . [35]

In the *Myreur des histors,* however, it is Renbaut in person who leads the Frisian army, and it is he who suffers defeat.

It appears to have been in Holland that Radbod acquired the rôle he plays in the romance: that of a protector of his people. This evolution in his character made the fictional Rambaux much more likely to win favor to the Burgundian side. It is significant that the romance, concerning both Rambaux and his successor Othon, portrays not one but two sympathetic kings of Frisia. [36]

It was not only through history but also through fiction (insofar as the two can be differentiated in the Middle Ages) that the name and fame of Radbod reached the ducal court and, presumably, the author of *Rambaux.* It has been seen how frequent and curiously casual are the references to Raimbaut in the *chansons de geste.* These works were by no means unknown to such a patron of literature as Philippe le Bon. On the contrary, they were among his favorite reading, and his library was copiously supplied with various versions of them. He commissioned, for example, a prose version of *Renaus de Montauban,* in which Raimbaut is mentioned (see above, p. 24) and of which several manuscripts exist. Philippe was, therefore, certainly acquainted with Raimbaut, as was undoubtedly his successor Charles le Téméraire. Since in a princely household

---

[35] Ed. Ad. Borgnet (Bruxelles, 1869), II, 437.

[36] This historical and legendary account of the Rambaux of the romance is denied by A. G. Jongkees in a letter. "The story of the Roy Rambaux is a purely romantic romance, without any historical background. There *has* been a Frisian king called Radbod.... Not only is this another name (for Rambaux or Raimbaud < Reimbald, Reginbald) but a quite different story. There is no legendary background either, apart from the connection with Jean d'Outremeuse." It should nevertheless be noted that Jean d'Outremeuse gives the date 719 (hence seems to be writing about the historical king), mentions the war against Danish invaders, and uses the name Renbaut rather than Radbod. This appears to establish a clear link between the historical Radbod and the Raimbaud-Rambaux of epics and romance. Dr. Jongkees, however, entertains grave doubts about the historical soundness of Jean d'Outremeuse. "Dans le *Myreur des Histors* . . . 'Renbaut' est sans doute approximativement contemporain de Radbod, mais il en est de même de trois autres rois de Frise. Radbod est représenté plutôt par le roi 'Guybart', subsidiairement par le successeur de celui-ci, 'Redach.' " (Quoted by permission.)

the practice of reading aloud made literature a social rather than a private matter, the dukes' families, guests, officers, and servants in various capacities must have been acquainted with this figure also. It was natural, perhaps inevitable, that a new romance centered upon him should have been composed in or for this *milieu*. [37] Such a work was certain to be received with interest. [38]

There is, of course, no concrete proof that the author of *Rambaux* was connected with this court, except for what Dr. Jongkees terms the wholly Burgundian flavour of the text and of the MS" (see above, p. 14, n. 8) and for some northern and eastern orthographical and phonological traits suggesting that the scribe, at least, came from the part of the French-speaking world dominated by the dukes of Burgundy. [39] One can say only that a possible connection with the ducal court is one explanation of the choice of Rambaux as the subject for a romance.

The story offers one more distinctive detail the sources of which may be suggested. A fair amount of space is given (fols. 1, 5v°, 8v°-9v°) to descriptions of topography, and it appears that up to a point the author was well informed. His Frisia is a country bordered by the sea and crossed by numerous rivers; it is adjacent to Denmark and yet there is a broad estuary between them. It boasts fine castles and many commercial towns, some of which can be identified. The Frise of the romance is far more extensive than

---

[37] It is also possible that the author of *Rambaux* had access to the hypothetical lost epic.

[38] The names of the other characters were no doubt familiar as well. *Othon* with its variants was very common, especially in Burgundy and the Netherlands; there were, *inter alia*, an Otton de Hollande, count of Frisia, Bishop of Utrecht from 1235 to 1249; and four dukes of Burgundy named Odon, the last of whom reigned during the century preceding this romance. For fictional antecedents see Ernest Langlois, *Table des noms propres de toute nature compris dans les chansons de geste imprimées* (Paris, 1904), pp. 492-95 and 508-10; and Louis-Fernand Flutre, *Table des noms propres avec toutes leurs variantes figurant dans les romans du moyen age, etc.* (Poitiers, 1962), p. 147. *Brunor*, though less common, is still to be found; see Langlois, p. 120, Flutre, p. 37. These two *tables* have no listings of *Florissant*, though the close relationship of this name to Flore, Floris, etc., is evident. Nor do the *tables* mention Friderit, a name that may possibly have been suggested by Frederick, the ninth-century apostle to the Frisians.

[39] The physical appearance of the manuscript also suggests a northern-French origin, in the opinion of L. M. J. Delaissé of the Bibliothèque Royale de Belgique.

present-day Frisia; it reaches to the borders of Denmark and includes Groningen, Zwolle, Kampen, and Deventer, cities that are not now in Frisia. In the early Middle Ages, however, Frisia had a greater southerly extension than now and formed part of the bishopric of Utrecht, which was "een Friese stad." [40] The romance gives other place-names (Fristen, Wolt, Onzaauch, Zolstz) that we have not been able to identify.

Where did the author obtain his geographical information? Perhaps through travel or through interrogation of native Frisians; his apparent mistake about the rivers (see note on lines 1106-7) and his vagueness about certain place-names (lines 126, 127, 129) are not sufficient to discredit this hypothesis. No traveler, be he a Marco Polo, sees all of a country; and anyone can misinterpret information, especially involving names in a foreign tongue.

Literature may have furnished the author with some details about the land he describes. References to Frisia are legion in medieval fiction; they are frequently vague, as witness le Vair Palefroi of Huon le Roi:

> Qui le meillor chastel de Frise
> Me donast, n'ëusse tel joie. [41]

Jean Bodel is scarcely more specific in writing of "Frise la lontaine," [42] but he knows that it is in the direction of Germany. Somewhat more circumstantial mention of its location and cities appears in Bauduin de Sebourc [43] and Hugues Capet, [44] among other works. La Dame a la lycorne several times alludes to Frisia; it is, in fact, the homeland of the hero le biau chevalier au lyon. [45]

Medieval historiography offers rather more informative accounts of Frisian geography than do these works of fiction. The remarks of Jean d'Outremeuse appear accurate: in the year 718

---

[40] Algemene Geschiedenis, I, 391.

[41] Artur Långfors, ed. (Paris, 1912), lines 578-79.

[42] La Chanson des Saxons, ed. Francisque Michel (Paris, 1839), I, 30 and 47.

[43] M. L. Boca, ed. (Valenciennes, 1841), Chant VIII, lines 739-40; Chant VII, line 367.

[44] Marquis de la Grange, ed. (Paris, 1864), line 278 and lines 298-99. The cities named in these last two works (Luzarche and Utrecht respectively) do not figure in Rambaux.

[45] Other references to Frisia will be found in Langlois, op. cit., pp. 240-41, and in Flutre, op. cit., p. 241.

ly roy de Frise estoit ... oussi puissante et plus que ly roy
de Dannemarche, car ilh en estoit Hollande, Zelande et
Bastoul awec leurs appendiches, et Frise le haulte et le bas
awec le Waste-Frise, et la terre de Bokelde, lequeile terre
appent maintenant al royalme de Dannemarche, et ... qui
plus grant asseis estoit que Holande et Zelande. [46]

A more fanciful, indeed wildly exaggerated, mention is found in a
speech of Jean Jouffroy before the Pope in 1448; he speaks of
"Frisia etiam, quondam potentissimum regnum, que Dacos attingit,
Scitas penetrat ...." [47] He was, be it noted, speaking on behalf of
Philippe le Bon. But Gilles le Bouvier, a non-Burgundian, also allots
to Frisia a far greater extent than it has today, although he stops
well short of Scythia:

> Puis y est le païs de Frise, ou a une mer que vient
> de la mer occeane qui va entre les terres du royaulme de
> Dennemarche et de cellui de Frise jusques en Pruce. Et
> viennent les marchandises de Pruce, de Poulaine par entre
> les terres de Saintsoigne, de Nortveghe et Dennemarche.
> Et a icelle mer de large xxx ou xl lieues en plusieurs lieux.
>   Ce royaulme de Frise est païs de montaignes du costé
> d'icelle mer et du costé de Dennemarche, et est [plain païs]
> du costé de devers le midy. Au bout de ce royaulme a une
> cité nommée Lubecque, que est moult bonne ville, et mar-
> chande, et grant port de mer ou les hauts Alemans et les
> bas vont querir les marchandises.
>   En ce royaulme a une cité que se nomme Bresme et
> une aultre que se nomme Hambourc .... Ce païs est tout
> plein d'eaues comme est le païs de Hollande. Et n'y peut-on
> aler pour le conquester sans le volloir des gens du païs.
> Et pour ce n'ont point de roy, ne n'en veulent avoir. Et
> sont seigneurs de eulx mesmes. [48]

Some of the details of this kingless kingdom are repeated in *Rambaux*. Chastellain, recording the efforts of Philippe le Bon to
conquer his stubborn Frisian subjects, also supplies information
included in the romance, especially about the importance of the
city of Deventer. [49]

---

[46] Op. cit., II, 437.
[47] Quoted in Jongkees, p. 11.
[48] Gilles le Bouvier, dit Berry, *Le Livre de la description des pays,* ed.
E. T. Hamy (Pairs, 1908), p. 105.
[49] Op. cit., III, 158.

These examples should suffice to show that during the fifteenth century, before the composition of the romance, there was in circulation a fair amount of knowledge, more or less correct, about Frisia — its location, size, topography, history, cities, power, and commercial importance. If in his geographical descriptions the author of *Rambaux* drew upon his imagination or upon hearsay for certain details, nevertheless he is consistent with other late-medieval accounts of Frisia. He may have derived from the historiographers cited, whose works were well known at the time, his descriptions and his relation of the Danish invasion; or perhaps he used other sources not known to us. The possibility of at least some personal experience cannot be ruled out.

CHAPTER FOUR

THE LANGUAGE

The linguistic traits of *Rambaux* support what has already been suggested as to the period and place of its origin. There are certain features of interest, either because they are unusual or because they bear witness to important developments in this transitional period.

ORTHOGRAPHY

1. *lh* is used to indicate *l mouillé* (in a minority of cases): *orgueilheus* (line 59), *merveilhes* (97), *vueilhes* (151), *bailha* (166), *meilheur* (354), *conseilh* (517), *enseveilhir* (1099).

2. *n* is sometimes clearly substituted for *u*: *esbandissoit* (308) for *esbaudissoit; gonverner* in five cases out of six for *gouverner* (see Phonology, 11.

3. *ff* in *touteffois.* (*s* and *f* are not easily distinguished in the MS; but the word is twice broken at the line (592, 655) after the first of the two consonants and the reading is clear.) *Autreffois* seems also to have a double *f*.

4. The graphies *deist, deust, peust,* etc. are presumably conventional and non-phonetic, representing [dit], [düt], [püt] and so forth. One notes a vacillation between the form *deist* (257, 313, 458, etc.) and *dit* (612, 827), *dist* (479), and *entendit* (468). The editor has consequently reproduced without diaeresis the graphies with mute *e* in this position. [1]

---

[1] See M. K. Pope, *From Latin to Modern French,* revised ed. (Manchester, 1956). pars. 243 and 1033.

5. The fact that by this period a great many consonants in pre-consonental position have fallen silent accounts for the hesitation between *c* and *t* in *ducz-dutz, donc-dont;* it accounts also for the addition of non-etymological consonants (*champt, trop-tropt, beaucop-beaucopt*). [2]

Phonology

1. [a] > [ę] before denti-palatal: *saige* (52), *oultraiges* (58), *dommaiges* (132), *mariaige* (passim; cf. *mariage*, 56).

2. [a] + [ŋ] intervocalic > [eu]: *compaigne* (41), *espaignol* (977).

3. [a] tonic free > [ję]: *talem* > *tiel* (168), *qualem* > *(les)quielz* (431; cf. *lequel, lesquelles,* passim).

4. [ai] > [ję] after velar: O. F. *gaire* > *guieres* (140).

5. *an* and *en* are usually distinguished; but cf. the alternation of *langaige-lengaige* (234, 239, 241, 245, 248), *rendre-ramdus* (328, 1100). This hesitation may be a purely orthographic one; in the absence of rimes it is not possible to decide.

6. There are a few hesitations between *ar* and *er*: *pardroit* (558), *peracheva* (955), *espernast* (990), *perfait* (1085), *piarres* (1024), *merchande* (1101). (Cf. *perdeist* [663], *espargnés* [695], *paraché* [992], etc.) The terminations of *retournarent, trouvarent,* and *recontrarent* show a morphological as well as a phonological development; see below, p. 39.

7. Other hesitations between *a* and *ę*: *chaschum-chescum* (334, 737), *fasoyent-faisoient* (1019, 17 and passim), *sçavoit-saichans-scevent* (131, 287, 651).

8. [ę] tonic free > [ję] before [ž]: *collegium* > *colliege* (912).

9. [ę] countertonic after [š] > [i]: *chevalier* > *chivalier* (passim). (Cf. the invariable *cheval, chevaleries.*)

---

[2] The orthographic eccentricities of this period are discussed by Charles Beaulieux, *Histoire de l'orthographe française* (Paris, 1927), I, 127-209.

10. [i̯e] is in the process of being reduced to [e̦] after the palatal and denti-palatal consonants [J], [ɲ], [š], and [Ž], hence a hesitation: *dangier* (160), *louger* (254), *dommaigié* (307), *coucher* (736), *congié* (459), *conseiller* (503), *conseilliers* (640), *bailler* (657), *juger* (1092).

11. Hesitation between [o̦] and [u], both in countertonic syllables and in tonics, is found throughout the MS. This may account for the spelling *gonverner,* the *-on-* being pronounced [u], which is not, in a countertonic syllable and at the speed of normal speech, very far removed from the non-nasal [u] indicated by *gouverner.*

12. Postvocalic *m* and *n* appear to have the same value. The MS gives *domner-donner* (6, 33), *bien-combiem* (passim), *conpaignie-compaignons* (703, 720), *rendre-ramdus* (328, 1100).

Whenever a phonological trait can be ascribed to a particular region, it is invariably the North, the East, or the Northeast; the inference is that the scribe was a Northeasterner.

MORPHOLOGY

Nouns. Case endings. Two common nouns appear in a few instances with the old *-s* termination in the singular: *riens-rien* and *homs-homme. Homs,* always followed by a word beginning with a vowel, appears only three times (37, 59, 99), as opposed to a dozen instances of *homme*; each time, *homs* is the subject of its clause. *Homme* is both subject and object, and is always followed by a consonant. *Riens* in its two appearances (131, 336), is used respectively as direct object and as object of a preposition. The more usual form in the MS (four examples) is *rien.* [3] The use of *les maistre d'ostelz* twice (440, 678) is most likely an instance of the omission of silent *-s* in a compound word, although it may be a survival of the old nominative-plural form. [4] Cf. *les maistres d'ostelz* (218).

Gender. *Ysle* is masculine (125). *Gens* is now masculine, now feminine: *toutes ses gens d'armes* (284), *toutes autres pouvres gens* (1070), *tous mes gens* (650), *gens expers* (913).

---

[3] According to Rosalyn Gardner and Marion A. Greene, *riens* was the preferred fifteenth-century spelling in all positions. *A Brief Description of Middle-French Syntax* (Chapel Hill, 1958), p. 125.

[4] The preservation of the two-case system lasted longest in the Northeast. See Ferdinand Brunot, *Histoire de la langue française des origines à 1900,* 4th ed. (Paris, 1933-53), I, 431-32.

Adjectives. There is one survival of the two-case system in *saiges,*
masculine singular nominative (289). The feminine adjective *grande*
appears occasionally: *grande prosperité* (23), *grandes charges* (211),
feste ... grande (713). But the forms in *-de, -des* are much in the
minority. The analogical feminine forms of *quel* and *fort* do not
appear.

Definite Article. There are two instances of enclisis in the singular: *ou païs* (238) and *ou hault bout* (441). *En les* contracts to *es*
(777).

Indefinite Article. The O.-F. plural is employed twice: *unes
lectres* (997) and *unes belles joustes* (1015).

Personal Pronouns. In the third person plural, the nominative
masculine is invariably *ilz.* The reflexive pronoun, when the object
of an infinitive, takes the stressed form: *de soy rendre* (328), *pour
soy deffendre* (319), *de soy garentir* (322), *pour soy esprouver* (981). [5]
One finds it in the first person as well: *a moy faire* (656; cf. *de
me bailler* in the same line). This construction must by analogy be
responsible for *soy conpleignant* without a preceding preposition
(162). *Luy* is once used instead of *se-soy* (303). The indirect object
shows hesitation between *ly* (987, 1007) and *luy* (passim). [6] *Ly-luy*
are also occasionally employed as subject (154, 1079).

Demonstrative Adjectives. There are two types: *cest* (*ce*)-*ceste,*
and *celluy-celle.* The plural is *ces. Ce* and *cest* are interchangeable
regardless of whether the following initial is a consonant or a vowel.
The forms derived from *ecce ille* are much in the minority as adjectives, although they appear frequently as pronouns.

Demonstrative Pronouns. The form are *celluy-celle* (plural *ceulx-
celles*) and *cestuy*; the latter appears only three times (498, 536,
621) and only as object of a preposition. The one instance of
masculine *cely* (123) is no doubt analogous to *ly.* Except for *cestuy*
the forms derived from *ecce iste* do not appear as pronouns, although
they are frequent as adjectives.

---

[5] This is probably under the influence of a preceding preposition. See
Lucien Foulet, *Petite Syntaxe de l'ancien français* (Paris, 1930), par. 177.
[6] Brunot adds (I, 422): "Mais on peut se demander si *lui* n'est pas dès
lors phonétiquement réduit à *li,* d'où la confusion." See also Foulet,
pp. 364-74.

Relative Pronouns. Qui is here used only as subject, but *que* is subject as well as object (see 423, 444, 1103). In most cases, however, the subject is the normal *qui.*

Verbs. Present indicative. The first person singular has *-s* in regular verbs except for the first conjugation (where *-e* is invariable). Cf. *suis* (passim), *dois* (78), *doy* (810), *sçay* (574), *voy* (617), *vueil* (590, 648, 655).

Present subjunctive. In the first and second persons plural the endings are *-ions, -iez.*

Imperfect and conditional. In the first person singular the old *-oye* ending is still being used exclusively.

Past definite. *Retournarent* (992), *trouvarent* (985), and *recontrarent* (1008) demonstrate an attempt at simplifying the weak perfects of the first conjugation, a development that originated in the northeastern region in later Middle French. [7] In the third person singular, the identical forms are used for the past definite and the imperfect subjunctive.

SYNTAX

Word Order. The MS offers both inversion and noninversion of the subject after a beginning adverb. [8] Examples of inversion are found in 57, 250, 1024; of noninversion, in 247, 592-3, 765. An instance of a beginning adverb placing the subject not third but last in the phrase is in 161-63. [9]

Nouns. There is only one instance, *la mercy Dieu* (460-61) of the use of the oblique case without preposition to indicate possession.

Pronouns. Subject pronouns are employed after conjunctions: *car il estoit* (58-9), etc. If a clause begins with an adverb, the personal-pronoun subject is sometimes omitted: *car autrement l'eussent*

---

[7] Pope, par. 1008.

[8] Thus belying Brunot's statement (I, 481) that "la présence d'un adverbe en tête de la phrase entraîne toujours l'inversion du sujet comme en vieux français, et ce, malgré la perte de la flexion."

[9] There are a few instances of an unusual inversion after *et: et fut il* (363), *et luy bailla le roy estat* (481).

destruit (135-37), *Aussi fist illec de grans biens* (932-33). Yet it is not always omitted: *Touteffois... je ne vueil pas* (655), *Auffort il louoit* (42-3).

Adjectives (and past participles used adjectivally). Modifiers of two or more nouns of different genders are in the masculine plural; see 392, 787-90, 814. Adverbs are infrequently used as adjectives: *ung bien matin* (285), *qui sont ... mieulx pour conduire* (210-11).

Partitive. The MS sometimes employs the partitive in its old function of denoting an indeterminate part of a finite quantity: *bons gentilz hommes des Frisons* (350), *quatre des plus principaulx chivaliers de son hostel* (408), *en distribuant des biens que Dieu luy avoit donnés* (930-31). Examples of the modern usage abound, as do examples of the omission of the partitive preposition; apparently the author employs it or not indifferently. *Avoit fait de grans rigueurs* (57-8) is balanced by *en grans souspirs* (155), *yl y avoit de grans seigneurs* (195) by *eussiés veu plourer dames* (164), etc.

Verbs. Present participle. There are two examples of an *-s* termination in the plural: *desplaisans* (113) and *disans* (870). [10]

Past participle. With *estre* verbs there is general agreement with the subject in gender and number. (See above, *Adjectives.*) Case endings are mostly lacking, but not entirely: *ramdus* (1100), *partis* (981), and *departis* (1003) agree with masculine-singular subjects. As for *avoir* verbs, there is agreement both when the verb follows the object and when it precedes.

Subjunctive. On one occasion the MS gives the indicative after a verb of willing or wishing: *Et avec ce vueil que luy faictes foy... et le recongnoissiez pour voustre roy... et que presentement m'en dictes voustre vouloir* (838-41), with one verb in the subjunctive and two (perhaps inadvertently) in the indicative.

Imitation of the ablative absolute. This is frequent; see lines 678, 681, 942.

Sequence of tenses. There is a very high degree of consistency in this respect. Departures from the normal sequence are so infre-

---

[10] The *-s* of the singular *disans* in 400 is either a relic of the nominative case or a slip of the pen.

quent (only *entend* [91], *entre* [414], *a* [548], *respond* [653] [11]) as to suggest scribal error; these cases have accordingly been corrected in the text.

VOCABULARY

Rambaux has a strong flavor of erudition in its language. The author delights in Latin expressions and quotations: *item, pro et contra, crescite et multiplicamini, Deo gracias, Nemo duobus domi- nis servire potest utiliter;* of these only the last is provided with a French translation. Even more numerous are the learned words. Reference is made to such persons as *predeccesseurs, heritiers col- lateraulx,* and *auctorités*; the characters engage in *allegacions* and *contencions,* in *oraison* and sometimes in *extorsion*; they experience *prosperité* and *desolacion*; they *misericordieusement* establish *fon- dacions* to compensate for the *indigences* of those less fortunate than themselves; in learned discussion they take care to *repliquer* and *dupliquer* in form; they consider matters *de prime face;* and when they die they are provided with a *sepulture*.

References to the Church and its personnel, rites, and dogma appear here and there: *arcevesque, cardinal, esglise, messes, louan- ges en grant, service divin, oraison, baptisement, chapelle, prieres, Nostre Seigneur, Nostre Dame, Vierge Marie, benoit, grace, devo- cion, catholic, sainctz et sainctes, royaume de paradis*.

Much ecclesiastical terminology, along with the heaviest con- centration of secular latinisms, is to be found in the scenes of debate within the royal council and the *trois estas*. One of these scenes is brief (197-217), while the other two (486-577 and 821-879) are given considerable development; the author manifestly takes pleasure in making the *clercz* and *docteurs* speak *ordonneement* and in having them *alleguer raisons naturelles, auctorités, loys et decretz* (567). They can cite Scripture for their purpose ("Crescite et multipli- camini", 557) and paraphrase it ("Nemo duobus dominis servire potest utiliter", 878), and also paraphrase Aristotle (867-69).

There is a fair amount of legal and semi-legal language. Othon is proposed by Rambaux as his *heretier et successeur universal* (614);

---

[11] The *actouchent* of line 61 may also come under this category; but the scribe might have considered that he was stating what was still a fact.

later *fut passé le traitié de leur mariaige* (672-3). Rambaux resolves to make his *testament et derreniere ordonnance* (828) and tells his subjects that he wishes, with regard to Othon, *que luy faictes foy et hommaige et le recongnoissiez pour voustre roy et souverain seigneur* (838-40). It is agreed by Othon's enemies *que sa femme ne povoit succeder a la couronne* and that the kingdom should pass *a autres heretiers collateraulx du roy, ses plus prouchains lignagiers* (847-48). Othon's new subjects give him gifts to encourage him to keep them *en leurs libertés et franchises anciennes . . . car ilz n'estoyent taillables a voulenté* (1052-54).

Much attention is paid to courtly life, to celebrations, and especially to dinner parties. These topics carry with them a vocabulary of *maistres d'ostelz*, of *nappes mises*, of *souper* and *diner*, of *table ou hault bout*, of *maiz et entremaiz*, of *dances et aultres joyes et esbatemens*, of *luz, orgues, doulcenes et trompetes, clearons et toutes manieres d'instrumens*, of *jouye et desduit*, of *rues . . . parees et tendues de riches tapis*, of *aournements*, of *draps d'or et de soye, cheynes et couliers d'or moult riches*, of *princes, barons, chivaliers, escuyers, dames et damoiselles*, of *jeuz, esbatemens, ystoires . . . chançons et autres joyeusetés*, of *tournay* and *joustes* where *fut fait de belles armes* and where knights *tindrent les rans quatre jours*.

In the one scene of serious fighting, the battle between the Frisians and the Danes (270-365), the language is, naturally enough, martial: *assaillir, gens d'armes, en desarroy, arrenchés en bataille, meslee, deffense, garentir, retraire, blecié, dommaigié, fouÿr, champt de la bataille, victorieux, prisonniers, destrousse, arnoiz*. The account of Othon's prowess, especially during his single combat with Brunor, is couched in the epic idiom.

> Et qui a celle heure eust veu Othon, comment il departoit les grans cops a dextre et a sennestre, luy eust peu remembrer d'ung bon chivalier; car les ungz il faisoit trebucher jus, aux autres il coupoit bras et jambes, tellement que chascum fuyoit devant luy et craignoit a le recontrer, car il n'acteignoit nul qui ne fust asprement blecié et dommaigié. (302-07).

Catching up with Brunor, Othon dispatches him with two blows worthy of one of the *doze per*:

> . . . descharga sur luy ung grant cop de hache et luy fondit le heaume et la teste jusques au cerveau si que le sang en

saillit a grant rendon, et trebucha luy et son cheval. Et quant Othon veist qu'il ne fesoit nulle mencion de soy rendre, derrechiefz le frapa autre foiz tiel cop qu'il le fist tomber jus tout mort ensemble son cheval, et n'y eust oncques homme des Dampnoiz qui l'en peust deffendre. (324-30)

Both the events described and the language closely parallel corresponding scenes in the *chansons de geste.*

CHAPTER FIVE

THE MUSIC AND THE VERSE

Folios 46v°-48r° contain a rondeau, "Le plus parfait," sung by
the heroine in honor of the hero during the festivities occasioned
by their marriage. It is written in white mensural notation with three
polyphonic parts. The song is performed thus:

Verse	Tune	Words
1.	I	Le plus parfait qu'en ma vie je visse Au besoing a son corps habandonné.
2.	II	Maiz a mon vueil en a Dieu ordonné Pour ce qu'il est loyal sans aucum vice.
3.	I	Je me doubtoye que plus ne le revisse Veu le peril ou s'estoit adonné.
4.	I	Le plus parfait qu'en ma vie je visse Au besoing a son corps habandonné.
5.	I	Ne devoit on regarder son service? Raison vouloit qu'il en fust guerdonné.
6.	II	Louz et honneur luy doit estre donné; Bien gardera qu'aultruy le luy ravisse.
7.	I	Le plus parfait qu'en ma vie je visse Au besoing a son corps habandonné.
8.	II	Maiz a mon vueil en a Dieu ordonné Pource qu'il est loyal sans aucum vice.

The transcription of such music for modern performance pre-
sents a number of problems, perhaps the most thorny of which is
the disposition of the syllables underneath the notes. In connection

with this, certain principles are generally accepted. One is that the
last syllable of a line of verse coincides with the last (usually long)
note of a musical phrase; another is that there is never a change of
syllable between two notes connected by a ligature. But aside from
these two points, it would be virtually impossible to set the text
to the music in a manner acceptable to everyone. The disposition of
the text as it appears in the transcription is that suggested by Dr.
Dragan Plamenac. The same scholar also recommended the use of
musica ficta (i. e., the addition of accidentals) to eliminate the anachronistic interval of the diminished fifth; and he arranged the
barlines (which are not, of course, in the MS) to correspond to
the intrinsic rhythmic pulsations.

As for the date of composition of the music, Dr. Willi Apel
estimated it as not earlier than 1460. Dr. Dragan Plamenac writes:
"It appears to be contemporaneous with the MS and it may very
well have been composed for inclusion in the MS." [1]

The decasyllabic verses with their two rimes are perfectly appro-
priate to the occasion, the singer, and the person addressed. [2] As is
the case with the music, no trace of these verses has been found in
any other source.

---

[1] Quoted by permission.

[2] One observes a certain degree of freedom in the scansion; mute *e* is
usually counted, but not in the imperfect *doubtoye* (p. 74). Such flexibility
was by no means rare; see Georges Lote, *Histoire du vers français* (Paris,
1949-55), III, Chapter III, especially pp. 102-104; and Pope, op. cit., pars. 271,
916, and 917.

Chapter Six

THE EDITION

The guiding principle of the editor has been to keep changes in the manuscript to a minimum. The only radical alteration was to shift the first folio, beginning "Et" and apparently meant as an addendum, to the end of the romance. [1] Aside from this rearrangement, the manuscript is transcribed as it stands, the assumption being that the original text, with its faults, is more interesting than one corrected (perhaps wrongly) by a modern scholar. In this edition, elements of the manuscript that seem to be in error, and that the scribe would presumably have amended had he noticed them, are reproduced at the foot of the page; square brackets indicate editorial additions and corrections.

Abbreviations have been written out in accordance with the usual spelling of the text. Latin words and phrases appear in italics, as do titles of books. Capital letters and punctuation have been added to conform to modern usage. Distinction has been made between *i* and *j, u* and *v.* An acute accent has been employed to show tonic *e* when final and when followed by final *s* in polysyllables, a cedilla to distinguish between hard and soft *c,* a diaeresis to indicate the separate pronunciation of juxtaposed vowels. Foliation is shown by a vertical line in the text and by the folio number in brackets.

---

[1] Possibly this section, which ends with "Car, etc.", was meant to be inserted into another geographical passage, such as the one on fol. 8 v°, where the first sentence does indeed contain a "car" (line 120). But the fit is not a good one.

LE LIVRE DU ROY RAMBAUX DE FRISE

| [f° 2] Ce sont les chappitres contenus en cest livre, nommé *Le Livre du roy Rambaux de Frise et du roy Brunor de Dampnemarche.*

| [*f°* *3*] Combiem que Dieu sueffre souvent persecuter en [20]
ce monde ses vrays et | [*f°* *3 v°*] bons serviteurs pour les
mieulx consolider en sa bonne amour et grace et leur faire
acquerir plus grant merite, et aux mauvaiz il donne grande
prosperité temporelle et mondaine, neantmoins luy plaist il
aucunes fois, aprés ce qu'il a beaucopt actendu, aider et [25]
secourir en ceste vie aux justes en leurs derrenieres et espe-
cialles neccessités, et pugnir les desloyaulx et oppresseurs
magnifestement de leurs mesfaits, comme l'en pourra veoir
entre aultres chouses par l'istoire qui s'ensuit.

COMMENT LE ROY BRUNOR DE DAMPNEMARCHE 30
GUERROYOIT LE BON ROY RAMBAUX DE FRISE
EN SES PAYS POUR CE | [*f° 4*] QU'IL NE LUY AVOIT
VOULU DONNER SA FILLE EN MARIAIGE

| [*f° 4 v°*] Jadis eust en Frise ung roy lequel s'appelloit
Rambaux, et tout le temps de sa jeunesse avoit esté moult 35
preux et vaillant et avoit fait maintes armes et chevaleries
dignes de memoire. Or estoit il ja vieulx homs, et avoit demeuré en mariaige bien long temps, ou il s'estoit gonverné
treshonnestement et saigement; et avoit eu plusieurs beaux
enffans, desquielz ne luy estoit demeuré que une seule fille. 40
Et pareillement trespassa sa compaigne, dont il menna grant
dueil pour la loyale amour qu'il avoit en elle. Auffort il
louoit de | [*f° 5*] tout Dieu et le portoit le plus paciemment
que luy estoit possible. Si proposa en soy que jamaiz ne se
remarieroit, ains desormais desiroit vivre et se tenir en son 45
royaulme le plus paisiblement qu'il pourroit et la s'entendre
a Dieu servir et tenir son royaulme en bonne union comme
il avoit tousjours fait.

Si amoit il sa fille moult tendrement, et la estoit toute
sa joye et son plaisir. Or s'apelloit la fille Florissant et bien 50
estoit nommee, car elle florissoit de beaulté sur toutes aultres.
Et avec ce estoit si tressaige, humble, plaisant et gracieuse
que merveilles estoit de | [*f° 5 v°*] la veoir et ouÿr, tellement
qu'il y avoit plusieurs princes, tant royz, dutz que aultres, qui
estoient fort entalentés pour ses bonnes meurs l'avoir en ma- 55
riage, et entre aultres le roy Brunor de Dampnemarche. Touteffoiz estoit il ennemy mortel de Rambaux et luy avoit fait
de grans rigueurs et oultraiges et a tort et contre raison, car

il estoit moult pervers et mauvais homs et le plus orgueilheus
qu'on sceust en tout le monde. Et son royaulme de Dampne- 60
marche et celluy de Frise se actouchent, par quoy il avoit
voulu usurper plusieurs seigneuries de Rambaux.

| [f° 6] Si proposa de luy faire guerre pour avoir sa fille
en mariaige, et aussi par ce moyen se pensoit avoir le gonvernement du royaulme de Frise et en estre seigneur et mais- 65
tre. Mais il luy fut conseillé qu'il y devoit aller par aultre
moyen, et que il y devoit envoyer premierement ses ambaxadeurs, car pour adventure le roy Rambaux seroit bien content de son alliance. Si fut ainsi fait, et furent receux les
ambaxadeurs quant furent arrivez devers Rambaux, et leur 70
fist on bonne chere. Touteffois n'estoit il pas deliberé de
leur accorder ne octroyer ce qu'ilz demandoient.

Et atant fist assembler | [f° 6 v°] et venir les gens de son
conseil, ou il y avoit plusieurs chivaliers et notables clercz,
devant luy, qui tous estoient bons preudommes. "Mes amis," 75
dit il, "vous avés ouÿ comment Brunor veult avoir ma fille,
combien que toute sa vie ait esté mon adversaire. Si m'en
vueillez dire voustre advis, et si je y dois consentir et octroyer
sa requeste."

Et lors les conseilliers luy respondirent, "Sire, comme 80
vous avés dit, jamaiz cest homme ne vous fist que mal et
dommaige despuis qu'il est roy de Dampnemarche et despuis
que le roy Friderit son pere morut. Par quoy nous semble
| [f° 7] que ne le devés faire, car vous n'avriés jamaiz paix
en voustre royaulme pour ce qu'il est tirant et opresseur du 85
pueple. Et avec ce, quelque part qu'il soit, veult tout mectre
a sa subjection, et luy mesmes vous pourroit debouter de
voustre seigneurie. Aussi d'autre part vous feriés grant pechié
de mectre vos vassaulx et voz pouvres subgietz soubz son
gonvernement." 90

Et quant le roy entendit ces choses, lesquelles il cougnois-
soit estre vrayes, il s'excusa envers les ambaxadeurs au
mieulx qu'il peust comment il ne povoit entendre pour ce

---

⁶⁷ *et luy mesmes vous pourroit.* The line seems feeble; perhaps the
author meant *et vous mesmes pourroit,* or *luy, mesmes, vous pourroit.*
⁹¹ MS: *entend.*

temps au mariaige de sa fille. Et atant | [f° 7 v°] prindrent con-
gié de luy et s'en retournerent vers Brunor. Lequel, quant 95
veist qu'ilz n'avoyent peu besongner, si en fust si corroucé
que merveilhes, pour ce que autreffois avoit esté parlé du dit
mariaige et estoit presque accordé au vivant du roy Friderit,
pere de Brunor. Lequel estoit saige homs ; et tant qu'il ves-
quit luy et Rambaux furent bons amis, combien qu'ilz eussent 100
eu des differens entre eulx ; maiz ilz faisoient raison d'eulx
mesmes quant on leur remonstroit lequel avoit tort. Maiz
despuis que Brunor commença a regner aprés la mort de
Friderit, il se perforsa de faire injures | [f° 8] et oultraiges a
tout le monde. 105

Et fist il assembler la plus grant armee qu'il peust finer,
tant en son païs de Dampnemarche que ailleurs, et vint a
moult grant puissance dans le royaulme de Frise, ou il faisoit
les plus terribles opressions qu'on ouÿst oncques parler ; et
qui plus y faisoit de mal plus estoit amé de luy. Et tenoit 110
beaucopt de meschantes gens, tant larrons, murtriers que
banis. Touteffoiz y avoit il plusieurs bons chivaliers et gentilz
hommes ses vassaulx, qui estoient bien desplaisans de ceste
guerre et veoient bien que c'estoit a tort et contre rayson.
Maiz ilz n'osoient des- | [f° 8 v°] obeïr a leur prince, et es- 115
toyent contrains de le servir a son plaisir, maiz non pas
de plaisir qu'ilz y prenissent, car ilz veoyent bien et cog-
noissoyent que Brunor y procedoit plus de volunté que de
rayson.

Si est moult fort le dit royaulme de Frise, car il y a plu- 120
sieurs ysles et maintes bonnes et grosses villes et fors chas-
teaulx. Et avec ce il y a ung groz bracz de mer entre le royaulme de Dampnemarche et cely de Frise, par lequel bracz de mer
passa le roy Brunor avec son armee a grant foyson de navi-
res. Et arriva en ung bel ysle qui est environné d'ung costé 125
d'une riviere qui s'appelle Wolt et | [f° 9] d'aultre costé d'ung
gros fleuve qu'on nomme par dela Onzaauch, tous deux en-
trans dedans le dit bracs de mer, dans lequel ysle a une

---

[126] *Wolt*. A common name in the region around Groningen. There seems
to be no river by this name.

grosse ville que est dicte Zolstz. Mais le roy de Frise n'avoit
pas bien pourveu a la garde et deffence de ses paÿs pour ce 130
qu'il ne sçavoit riens de ceste guerre, et a ceste cause y furent
faitz de tresgrans dommaiges. Et aussi quant Brunor fust a
l'entree du paÿs il donna a entendre au pueple que le roy
Rambaux le faisoit venir devers luy pour luy donner sa fille
en mariaige. Et soubz ceste couleur le laisserent entrer ; car 135
aultrement, si ne fust la dicte cautelle, l'eussent | [f° 9 v°] des-
truit luy et toute sa puissance, actendu que le dit paÿs de
Frise est moult fort comme dessus est dit et aussi les gens
d'icelluy moult expers en tous faitz de guerre.

Ne demeura guieres que les nouvelles vindrent jusques a 140
Rambaux, et tant de plaintes que piteuse chouse estoit de
l'ouÿr, dont le bon preudomme fut moult esbaÿ et se retourna
a Nostre Seigneur en telle maniere et dit, "He, vray Dieu,
maintenant que je suis sur mon aage et que ne puis suivre
les armes, et me cuydoye reposer et vivre en paix avecques 145
mon peuple, et ce mauvaiz | [f° 10] homme mon adversaire
vient destruyre ma terre." Puis se retourna a Nostre Dame en
son couraige, disant, "Glorieuse Vierge Marie, en qui j'ay eu
fience toute ma vie, ne vueilhés souffrir que vostre pouvre
serviteur soit mis a la subjection de ce desloyal et mauvaiz 150
homme Brunor le Dampnois. Et vueilhés prier voustre benoit
fillz qu'il me doint grace que le pouvre peuple qui est en ma
subjection soit deslivré de la persecution et tribulacion que
ly et tous aultres mes ennemys leur pourroient fere et donner." Et cecy disoit il en grans souspirs et gemissemens.   155

Maiz sa belle fille le recon- | [f° 10 v°] fortoit le plus doul-
cement qu'elle povoit et luy disoit, "Monseigneur, mectés
toute voustre esperance en Dieu, car je me tiens pour asseu-
ree que par sa grace vous arés victoire de Brunor, et tout
vostre royaulme sera en paix et fors du dangier de tous voz 160
ennemis." Puis se mectoit en oraison secretement par pro-
fonde devocion, soy conpleignant a Dieu, a Nostre Dame et
a tous les sainctz et sainctes, la belle Florissant.

Et la eussiés veu plourer dames, damoiselles et toutes
manieres de gens si que c'estoit piteuse chose de les ouÿr.   165

---

[129] *Zolstz.* There is a town called Olst just north of Deventer, but it
is not a *grosse ville* nor is it on an island.

COMMENT RAMBAUX BAILHA LA CHARGE ET
CONDUITE DE SON ARMEE A OTHON

| [f° *11*] Et ainsi qu'ilz estoyent en tiel douleur, arriva au palais ung moult preux et vaillant chivalier | [f° *11* v°] et de tresgrant entreprise qui se appelloit Othon: si se agenoulla 170 devant le roy Rambaux et devant la belle Florissant sa fille et les salua moult humblement. Maiz le roy le fist lever incontinent, et fut receu a tresgrant joie et honneur pour ce qu'il estoit grandement renommé et le tenoit on pour l'un des meilleurs chivaliers du monde. Et il y avoit aucuns sei- 175 gneurs en la court du roy qui l'avoient autreffois veu et cognoissoyent sa grant valeur.

Or reconforta il le roy moult bien aprés ce qu'il fut arrivé, en luy disant que fort estoit mal content des grans oultraiges que Brunor luy | [f° *12*] faisoit, mais que pourtant le roy 180 ne s'en devoit esbaïr, car il estoit assés puissant pour le desconfir. "Et, sire," dist il, "je suis venu ycy expressement pour vous servir en ceste guerre de mon pouvoir si c'est vostre plaisir."

Si pouvés pencer que le roy fut moult joyeulx et content 185 de luy quant ainsi l'entendit parler et veist le grant couraige qu'il avoit. Si l'en mercia, et Dieu scet si Othon fut bien entretenu et festoyé, car le roy ne le povoit assés regarder ne aussi sa fille, tant prenoient grant plaisir a le veoir; car bien monstroit a son maintien | [f° *12°* v°] qu'il estoit yssu de grant 190 lieu et de bonne maison.

Si ne tarda guieres aprés que le roy fist son mandement par tout son royaulme de Frise, et tellement que en peu de temps arriverent devers luy tous ses vassaulx bien montés

et armés, car yl y avoit de grans seigneurs, barons et chivaliers 195
qui tous estoyent entalentez de bien et loyalment servir le roy
a leur povoir. Si fist le roy convenir devant luy les gens de
son conseil et aucuns grans seigneurs des plus saiges de toute
l'armee. Et la fust deliberé et conclu par l'advis, vouloir et
consentement de tous, petis et grans, que le roy devoit | [f° 13] 200
bailler la charge et conduite de ceste guerre a Othon, car
c'estoit ung vaillant cappitaine moult saige et expert en tous
faitz de guerre. Et atant fut mandé venir Othon, et le fist
et institua le roy son lieutenent general et chief de toute son
armee.   205

Touteffoiz de prime face a grans paines s'y vouloit Othon
consentir, car moult estoit il humble et gracieux. "Sire," dist
il, "pardonnés moy, car je ne suis pas homme pour ce faire.
Vous avés ycy de grans seigneurs et nobles chivaliers de
voustre royaume qui sont tropt plus souffisans que moy et 210
mieulx pour conduire | [f° 13 v°] si grandes charges." Ainsi
s'excusoit Othon. Maiz a l'enderenier le roy luy declara que
tel estoit son plaisir ; et aussi tous les seigneurs et gens de
guerre luy requeroient qu'il la voulcist prendre et accepter,
car ilz ne vouloyent point d'autre gonverneur que luy, et luy 215
obeÿroyent par maniere qu'il en seroit bien content. Si les
mercia Othon trestous moult gracieusement.

Et atant furent les nappes mises et vindrent les maistres
d'ostelz querir le roy, car il estoit ja prest pour souper.
Auquel souper Othon fut assis a la | [f° 14] table du roy 220
amprés la belle Florissant. Et la furent dictes de bien gracieuses paroles d'un cousté et d'aultre, et prenoit chascum
grant plaisir a veoir Othon et a l'ouÿr, et expressement le
roy et sa fille, car il les reconfortoit tousjours par bonne façon ; et bien disoit au roy qu'il ne se souciast de sa guerre, 225
car au bon plaisir de Dieu il en viendroit bien au dessus. Et
quant se vint aprés souper la belle Florissant et luy devise-
rent entre eulx de plusieurs gracieuses choses. Et tant fust
exprise la pucelle d'amours envers luy qu'elle ne se povoit
saouler de le regarder, et non sans cause, car ce | [f° 14 v°] 230

---

[195] MS: *chivavaliers.*
[198] MS: *de plus saiges.*

estoit le plus advenant chivalier en toutes choses qui par lors
fust de cognoissance d'omme. Aussi estoit elle la plus acom-
plie dame que l'en sceust veoir.

Et devés sçavoir que Othon parloit le langaige espangnol,
qui est differant a celluy de Frise et d'Allemaigne, par quoy 235
on ne le povoit bonnement entendre ; aussi il ne sçavoit guieres entendre les aultres se non aucuns motz, pour ce qu'il n'avoit
guieres demeuré ou païs. Maiz non pourtant entendoit il et
parloit quelque peu plusieurs et divers lengaiges, parce qu'il
avoit passé en plusieurs et diverses contrees | [f° 15] pour fai- 240
re armes. Maiz tousjours retiroit fort a son premier langaige,
espaignol, et ne s'en povoit tenir. Par quoy, quant il parloit
au roy et a la belle Florissant, il y avoit aucuns truchemans
en la court du roy, tant hommes que femmes, qui savoyent
les deux lengaiges ; et quant ilz disoyent aucune chose que les 245
ungz ou les autres n'entendoyent pas bien, ces truchemans
le declairoyent. Maiz en peu de temps Othon eust aprins leur
lengaige qu'il l'entendoit et parloit assés bien, et aussi quel-
quefoiz parloit latin quant besoing en estoit.

| [f° 15 v°] Atant print congié Othon du roy Rambaux et 250
de la belle Florissant, et mena avec luy l'armee des Frisons,
laquelle faisoit tresbeau veoir. Si prindrent droit leur chemin
celle part ou estoit Brunor le Dampnoiz, et tant firent par
leurs journees qu'ilz vindrent louger a quatre lieues pres de
luy. Si luy envoya Othon ung de ses heiraulx luy faire assavoir 255
sa venue et luy remonster le grant tort et injure qu'il faisoit
au roy Rambaux. Et bien luy deist le heirault qu'il reparast
tout ce qu'il avoit forfait en son païs et se venist mectre a
sa mer- | [f° 16] cy, car autrement on luy feroit tiel guerre qu'il
en seroit courroussé.   260

Or de ces paroles fut fort mal content Brunor et desplaisant, disant, "Messagier, tu diras a Othon ton maistre que je
le feray bien autrement parler et que mal est il arrivé par deça,
car il ne me cognoist pas encores bien. Et se tieigne seur que
je le feray morir de mauvaise mort et pareillement Rambaux 265
et tous ceulx de son party." Lesquelles paroles le herault rapor-
ta a son maistre tout ainsi que luy avoient esté dictes.

---

254 MS: *louger a a.*
261 MS: *tresplaisant.*

COMMENT OTHON DESCONFIT BRUNOR LE
DAMPNOIZ EN BATAILLE

| [f° *16 v°*] Et voyant ces choses Othon fist sonner ses 270
trompetes, et adoncques se | [f° *17*] arma luy et ses gens.
Lesquelz firent se tresbien que dans huit jours recouvrerent
quatre belles places, [tant] villes que chasteaux, lesquelles le
roy Brunor de Dampnemarche avoit prises. Et la furent faictes
de tresbelles armes d'ung cousté et d'autre, tant par les Frisons 275
que les Dampnoiz, qui tropt seroyent longues a reconter, tant
au recouvrement des dictes places que en plusieurs recontres
qui furent faitz des deux armees ou d'aucunes parties d'icelles,
et aussi en une journee qui fut emprise entre les Frisons et
Dampnoiz, ou le roy Brunor | [f° *17 v°*] perdit beaucop de 280
ses gens. Car il avoit tousjours du pire, dont forment estoit
desplaisant, et bien congnoissoit que par ce moyen n'en viendroit jamaiz a bout.

Par quoy fist armer et aprester toutes ses gens d'armes
ung bien matin avant le jour qu'ilz partirent pour venir 285
assaillir Othon; car bien le cuydoyent trouver en desarroy,
saichans que autrement ne le pourroyent avoir. Mais ainsi que
Dieu voult, Othon en sceust les nouvelles, car il estoit moult
saiges et faisoit tenir gens exprez de tous coustez pour
| [f° *18*] assentir s'ilz verroyent rien venir; et Dieu scet s'il 290
mist paine de son cousté a assembler ses gens et les faire
diligemment aprester. Si s'en allerent au devant des Dampnoiz,
lesquelz furent bien esbaïz quant ainsi les veirent arrenchés
en bataille, et especialment Brunor, qui encores les cuidoit
trouver endormis; mais autre chose ne s'en povoit faire. Et 295
alors en peu de heure assemblerent les ungz aux autres par tiel
maniere, et si grant bruit et crierie y eust a l'asembler, qu'on

n'y eust pas ouÿ Dieu tounant. Si eussiez la peu veoir chivaliers et che- | [f° 18 v°] vaulx trebucher tant d'une part que d'autre. Et tant fut dure et aspre celle meslee que a paynes 300 du commancement eust l'en peu congnoistre qui en avoit du meilleur. Et qui a celle heure eust veu Othon, comment il departoit les grans cops a dextre et a sennestre, luy eust peu remenbrer d'ung bon chivalier; car les ungz il faisoit trebucher jus, aux autres il coupoit bras et jambes, tellement que chas- 305 cum fuyoit devant luy et craignoit a le recontrer, car il n'acteignoit nul qui ne fust asprement blecié et dommaigié.

Et d'autre part tousjours esbandissoit ses gens. "Ha- | [f° 19] a, messeigneurs," dit il, "pour Dieu soyés vaillens a ceste heure, car ceste journee est pour nous; et si nous voulons faire 310 devoir nous sommes tous a honneur."

Si se mectoit il tousjours devant en la plus grant presse, et tant fist qu'il assembla au roy Brunor et luy deist, "Ha, faulx traistre, ores ne feras tu jamaiz extorsion, car maintenent te convient rendre ou mourir." 315

Si fut moult esbahy Brunor quant ainsi le veist pres de luy et eust bien voulu estre a celle heure en son royaume de Dampnemarche. Maiz non pourtant se retourna contre luy pour soy def- | [f° 19 v°] fendre au mieulx qu'il pourroit, et par sa fierté luy sembloit qu'il n'estoit pas homme a qui il se deust 320 rendre. Touteffoiz, quelque deffense qu'il fist, il ne vouloit que trouver façon de soy garentir et eschaper, car plus ne povoit resister. Mais ainsi qu'il desmarchoit pour soy retraire, Othon, qui pas ne le vouloit faillir, descharga sur luy ung grant cop de haehe et luy fondit le heaume et la teste jusques au cerveau 325 si que le sang en saillit a grant rendon, et trebucha luy et son cheval. Et quant Othon veist qu'il ne fesoit nulle | [f° 20] mencion de soy rendre, derrechiefz le frapa autre foiz tiel cop qu'il le fist tomber jus tout mort ensemble son cheval, et n'y eust oncques homme des Dampnoiz qui l'en peust deffendre. 330

Si ne fut pas mené grant deul de sa mort, car les gens de son pays mesmes n'en tenoyent aucun compte pource qu'il

---

308 It will be noted that at this point Othon appears to need no interpreter, nor does he hereafter.

325 *hache.* A weapon common enough in history, but rather unusual in literature.

leur faisoit beaucop de maulz, opressions et oultraiges. Et
disoit chaschum que c'estoit bien employé, car il faisoit ceste
guerre a tort et sans raison, et par sa fierté et malice contre 335
le bon roy de Frise, | [f° 20 v°] qui ne luy estoit en riens tenu.
Mais bien mennoyent grant dueil de la noble chevalerie et
autre gentillesse qui avoit esté tuee avecques luy. Car quant
ses gens d'armes veirent qu'il estoit mort ensemble la pluspart
de leurs gens et que plusieurs d'eulx estoyent blecciés, par quoy 340
ne povoyent resister, se myrent a fouÿr qui myeulx myeulx. Si
les suivit Othon avec ses Frisons une lieue loingz. Et piteuse
chose estoit de veoir le grant nombre de ceulx qui y furent
mors des Dampnoiz, car a l'endroit du champt de la | [f° 21]
bataille la terre en estoit toute couverte. Et si en mourut 345
plusieurs autres qui furent tués par les chemins en s'en fuyant.
Et d'autres en y eust qui pour cuyder sauver leur vie se
habandonnerent a passer une riviere moult dangereuse qui la
estoit et s'en y noya grant nombre. Aussi a celle bataille moru-
rent aucuns notables chevaliers et bons gentilz hommes des 350
Frisons, maiz non pas guieres, lesquelz furent tuez au com-
mancement de la bataille, que comme vous ay dit fut si aspre et
si bien les cops despartis qu'on ne sçavoit congnoistre qui en
avoit | [f° 21 v°] du meilheur.

Ainsi fut Othon ce jour victorieux contre Brunor le Damp- 355
noiz. Et demeura au champt de la bataille pour ceste nuyt
jusques a l'endemain, qu'ilz s'en retornerent a leur lougis, ou
ilz amennerent plusieurs bons prisonniers qu'ilz avoyent prins
a la fuyte. Si vous diz bien que a celle destrousse gaignerent
beaucopt, tant or, argent, arnoiz, chevaux, que autres richesses 360
qui tropt seroyent longues a reconter, lesquelles Othon depar-
tit a ses gens moult honnestement a chascum sellon qu'il
| [f° 22] veist que luy en appartenoit; et fut il celluy qui moins
en voult avoir a sa part, car il estoit large et habandonné sur
tous autres.   365

Or ne se oublia pas Othon de rendre graces a Dieu de la
victoire qu'il luy avoit donnee, car il estoit moult devot et

---

[336] *ne luy estoit en riens tenu.* This seems to mean that Rambaux was
not under Brunor's suzerainty.

[339] MS: *veirerent.*

amoit Dieu sur toutes choses. Par quoy en s'en retournant de
la bataille il voult aller et descendist en une chapelle qui pres
de son chemin estoit, et la fist devoir envers Dieu au mieulx 370
qu'il peust, et aussi tous ceulx de sa compaignie.

| [f° 22 v°] Pou amprés que Othon fut retourné et arrivé en
son lougiz, il envoya ung heirault au roy Rambaux luy faire
assavoir les nouvelles pour le rejouÿr, car bien se pensoit qu'il
estoit en grant soucy et n'avroit jamaiz bon temps qu'il n'eust 375
sceu la verité. Et bien estoit il vray, car le bon roy estoit tous
les jours en oraisons et prieres envers Dieu pour luy, aussi
estoit la belle Florissant sa fille. Et vous diz bien qu'elle avoit
grant paour que Othon eust quelque deffortune et l'avoit bien
pour recommandé en ses prieres, | [f° 23] car tant plus luy 380
en souvenoit tant plus cressoit son amour envers luy; maiz
c'estoit bien secretement que nul ne s'en prenoit garde. Si
arriva le herault devers le roy et luy raconta comment Brunor
le Dampnoiz avoit esté desconfit en plaine bataille, et bien
fist savoir les grans armes et chevaleries que Othon y avoit 385
faictes de point en point, sans rien oublier, et comment il
avoit grandement servi le roy.

Ne demandés pas quel joye en eust le roy et aussi la pucelle
sa fille et toute la court. Ci | [f° 23 v°] fist donner de l'or et de
l'argent au herault moult largement. Et avec ce alla tantost 390
le roy en l'esglise de la cité, et aussi sa fille, moult bien
aconpaignés de chivaliers, escuyers, dames et damoiselles, et
aussi y vint tout le peuple de la cité. Par quoy eussiez la veu
rendre graces a Dieu, chanter messes [et] louenges en grant,
crier "Noé, noé," sonner les cloches et fere les feuz par toute 395
la cité, si que c'estoit grant plaisir de le veoir. Et aprés s'en
retourna le roy en son paloiz, ou fut faicte la plus grant feste
qu'on veist pieça, et | [f° 24] aussi par toute la cité. Et n'y
parloit on d'autre chose fors de Othon et des biens qui estoyent
en luy, disans que le roy ne le pourroit tropt recompenser et 400
que benereuse seroit la femme qui tel vaillant chivalier auroit
en mariaige, et fust elle fille d'ung roy.

COMMENT OTHON AMPRES LA GUERRE FINEE S'EN RETOURNA DEVERS RAMBAUX

| [f° 24 v°] Or dit le compte en ceste partie que les nouvelles 405
vindrent au roy que Othon | [f° 25] estoit ja pres de la cité, qui
s'en retournoit devers luy. Si en fut le roy moult joyeux, et
luy envoya quatre des plus principaulx chivaliers de son hostel
lesquielz estoyent demeurés avec luy pour l'acompaigner
et n'estoyent allés a ceste guerre, car ilz estoyent fort vieilz et 410
anciens. Et ainsi qu'ilz yssoyent des portes de la cité, encon-
trerent Othon et le receurent a tresgrant honneur. Et atant
allerent jusques au palais a l'entree duquel Othon descendit
et entra ens. Si trouva le roy enmy la grant court et s'agenoulla
| [f° 25 v°] devant luy, mais il le fist lever incontinent. Pareille- 415
ment s'agenoulla devant la belle Florissant et s'entresaluerent
moult cordialment les ungz les autres.

Si ne se povoit tenir le bon roy de plourer de la grant
joye qu'il avoit. "Haa, noble chivalier," dit il, "comment me
seroit il possible de vous desservir les grans biens que vous 420
m'avés faitz?"

"Sire," dist Othon, "je ne suis pas homme qui vous puisse
faire service que guieres vaille, et vous remercie de l'onneur
qu'il vous a pleu me faire de m'avoir baillé si honnorable char-
ge que vous | [f° 26] avés fait, car il ne me appartenoit pas. 425
Touteffoiz de mon petit povoir me vouldroye je tousjours employer a vostre bon service. Mais, sire, vous povez bien cong-

---

[405] *Or dit le compte en ceste partie.* There is a chance, but a remote
one, that this is a reference to an earlier version.
[411] MS: *les portes.*
[414] MS: *entre ens.*

noistre que Dieu vous ayme, car il vous a fait grant grace de
vous ainsi deslivrer de voz ennemys sans y guyere avoir perdu
de voz gens. Si vous asseure que voz nobles chivaliers et vas- 430
saulx que veez cy, lesquielz sont revenus avecques moy, vous
ont tresgrandement servi a ceste guerre et s'y sont moult
vaillement portés, et semblablement a leur endroit le commun
peuple."

 | [fº 26 vº] Et alors le roy les mercia tous et prenoit chascum 435
grant plaisir aux belles parolles que Othon luy avoit dictes,
par lesquelles il se reputoit moins digne de guerdon pour son
humilité que nul de tous les autres.

Endementiers qu'ilz devisoyent ensemble furent les napes
mises, et vindrent les maistre d'ostelz querir le roy pour souper, 440
car il estoit heure. Si fut Othon assis en sa table ou hault bout
en signe de la victoire qu'il avoit acquise. Et c'estoit l'ancienne
coustume, ainsi qu'on le peut veoir en plusieurs ancien- | [fº 27]
nes ystoires que pas ne sont ycy comprises, desquelles je me
passe a les plus reciter. Et la furent dictes entre eulx plusieurs 445
gracieuses paroles touchant la guerre et autres choses, et ennuy
seroit a raconter tous les maiz et entremaiz qui a ce souper
furent servis, et aussi les dances et aultres joyes et esbatemens
qui furent faictz de toutes pars. Maiz bien povés pencer que
la pucelle estoit moult joyeuse de ce que Othon estoit revenu 450
sain, joyeux et a son tresgrant loz et honneur de son entre-
prise ; si prenoit elle si | [fº 27 vº] grant plaisir a le veoir et
ouÿr qu'elle ne s'en povoir saouler.

Ainsi que vous avés ouÿ dessus, en grans festes, joyes et
esbatemens demeura Othon en la cour du roy Rambaux l'espa- 455
ce de quatre jours. Aprés lequel temps il s'agenoulla devant
le roy, et quant il l'eust assés remercié de la honnorable charge
qu'il luy avoit baillee, luy deist, "Sire, si c'est vostre bon
plaisir, vous me donrez congié de m'en aler en certains voyai-
ges ou j'ay a faire et promis de aller, | [fº 28] car la mercy 460

---

444 *anciennes ystoires*. This too is most likely a fabrication. The word
ycy suggests that the story was not composed in Frisia, an inference sup-
ported by the author's vagueness about many details of Frisian geography.

452 MS repeats *prenoit elle si*.

Dieu voustre royaume est maintenent en bonne paix, si ne
vous feroye guieres ycy. Et j'ay entencion de suivre les armes
et me employer en faitz de chevalerie pour acquerir honneur
au plaisir de Nostre Seigneur. Maiz quelque part que je soye,
me trouverés prestz a voustre service, comme j'en suis tenu de 465
toute ma puissance quant il vous plaira me commander aucune
chose."

Et quant le roy entendit ces paroles il s'en merveilla moult
de ce qu'il s'en vouloit aller, mais oncques ne luy | [f° 28 v°]
voult donner congié.   470

"Et comment, Othon, mon amy," dit le roy, "me voulés
vous maintenent laisser? Vrayement, je n'y pourroye consentir. Car vostre demeure sera cause de me fere vivre plus longuement. Je cuyde bien que autre part pourriés vous estre
plus a voustre plaisir, mais encores ne me pourroye je tenir 475
de vous faire demeurer. Si ne vous sauroye je pas recompenser
les grans services que m'avez faitz, mais je mectray payne a
vous contenter au plaisir de Dieu."

Et tant d'autres belles paroles luy dist le roy et aussi la
belle Florissant, et si grant | [f° 29] signe d'amour luy monstre- 480
rent, qu'il fut contraint de demeurer. Et luy bailla le roy estat
bel et honnorable en sa court comme il appartenoit a sa
personne.

Si n'avoit pas oublié le roy les grans services que Othon luy
avoit faitz, et moult estoit songneux de luy faire quelque grant 485
recompense. Par quoy fist assembler ung jour les trois estas
de son pays ensemble tout son conseil, ou il y avoit de moult
notables barons, chivaliers et grans clercz, tant gens d'esglise
que autres. | [f° 29 v°] Et quant ilz furent convenus par devant
luy, leur demonstra les grans services qui luy avoyent esté 490
faitz par Othon.

"Seigneurs," dit il, "vous savés comment ce chivalier par
sa grant saigesse et prouesse nous a tous deslivrez des mains
de nostre grant ennemy mortel, qui tant nous avoit fait de
rigueurs et oultraiges. Et povés pencer que s'il fust venu au 495
dessus de son entreprise il nous eust du tout destruitz et faitz
mourir de mauvaise mort, et n'y avoit homme qui osast entre-
prendre a luy | [f° 30] obvier fors cestui. Par quoi suis enta-
lenté de tout mon cuer a le remunerer le plus honnorablement

qu'il me sera possible, et a ceste cause l'ay retenu, qu'il s'en 500
vouloit aller a toutes forces. Si vous ay ycy faitz venir comme
mes especiaulx amis et en qui j'ay toute ma fience, pour moy
sur ce advertir et conseiller par quelle maniere je y devray
besongner a mon grant honneur qu'il en soit memoire a tousjours maiz, pour donner exemple a ceulx qui sont ad venir. 505
| [f° 30 v°].

Et en après que le roy eust ainsi parlé, tous les princes,
barons, chivaliers et autres qui la estoyent respondirent concordablement par l'organe d'ung notable docteur, "Sire, comme
vous dictes, ferés voustre grant honeur d'y entendre, car c'est 510
ung notable chivalier qui vault beaucop et de qui vous pourrés
bien servir en plusieurs affaires, et avec ce est ung homme de
tresbonne vie et louable conversacion."

Si se tirerent tous a part par le commandement du roy pour
| [f° 31] mieulx y advertir et le debbatre d'une part et d'autre. 515
Et furent mandés et appellés les plus principaulx de son grant
conseilh et de tout le clergié, et aucuns bons bourgeois et preudommes de la cité. Et aprés que la matiere eust esté exposee
comme il appartenoit, furent faictes plusieurs allegacions d'une
part et d'autre, et y eust de diverses oppinions. Car les ungz 520
disoyent que le roy devoit donner a Othon par une foiz une
grant somme d'or a celle fin qu'il fust plus | [f° 31 v°] enclin
a le servir une autre fois s'il en avoit a besongner. Les autres
disoyent que ce ne souffisoit pas, et mieulx seroit que le roy
le retint a tousjours maiz de son hostel et luy donnast pension 525
annuelle et par ce moyen le trouveroit tousjours pres de luy,
car il y estoit bien convenable pour garder le royaume. Et
aucuns autres dirent qu'il leur sembloit que le roy le devoit
marier en son royaume a quelque fille de haulte lignee qui
fust seule heretiere ou a quelque autre fille de son sang, | [f° 32] 530
et luy donner quelque belle terre ou province, que seroit cause
de le faire demeurer ou royaume plus continuelment. Si en y
eust d'autres qui dirent qu'il estoit bien digne d'avoir la fille
du roy, combien qu'elle fust requise d'aucuns roys et autres
grans princes (mais le roy n'en seroit pas si bien servi comme 535
de cestuy ne le royaume si bien gonverné), et que le roy luy
devoit donner terres et seigneuries pour entretenir son estat
et de la fille comme il leur appartenoit.

Or y eust il plusieurs au- | [f° 32 v°] tres opinions lesquelles le roy voult toutes savoir et ouÿr de point en point. Car tantost 540 aprés fist reconvenir devant luy tous les seigneurs de son sang et de son conseil, par quoy fut tout debbatu derechief devant luy tant d'une part que d'autre. Et soustenoyent ceulx du clergié que Othon ne devoit point estre marié pour ce qu'il estoit chaste et vierge ; et quant il seroit marié avroit maintes 545 occupacions par quoy ne pourroit si bien entendre au service du roy. Et avec ce pourroit estre quant il seroit marié qu'il pardroit la plus part des | [f° 33] graces et vertus qu'il avoit en luy pour ce qu'il n'avroit plus virginité, qu'est une vertu moult agreable a Dieu, comme ilz prouvoyent bien haultement. 550 Et de la partie des chivaliers et du pueple lay estoit soustenu au contraire que mieulx estoit qu'il fut marié, car par ce le roy n'en seroit que mieulx servi. Et bien y fut dit que mariage estoit ung saint sacrement lequel Dieu de sa bouche avoit ordonné, et se chascum vouloit estre vierge ce seroit la destruc- 555 tion de tout humain lignaige et contre l'ordonnance de | [f° 33 v°] Dieu, qui deist a noz premiers parens "Crescite et multiplicamini," etc. Touteffoiz ne vouloyent ilz pas soustenir que virginité ne fust vertu moult de louer et agreable a Dieu, maiz bien disoyent que mariaige aussi estoit ung saint sacre- 560 ment et que pour le prouffit du roy et de tout son royaume estoit espedient qu'il mariast Othon mieulx que autrement. Brief, chascum soustenoit son opinion treshaultement et par- loyent ordonneement, si que c'estoit belle chose a les ouÿr tant d'une part que | [f° 34] d'autre. Si y fut assés repliqué 565 et dupliqué *pro et contra*. Et la eussiés peu ouÿr alleguer raisons naturelles, auctorités, loys et decretz, et si bien les prouposoyent que c'estoit une mervelleuse chose a les ouÿr, comme gens saiges et bien expers en telles matieres.

"Mes amis," dit le roy, "et mes loyaulx serviteurs, je con- 570 gnoiz bien comment ung chascum de vous amés mon honneur et prouffit, et me conseillez moult notablement, donc je vous sçay tresbon gré. Et ay entencion au plaisir de Dieu que vous congnoistrés | [f° 34 v°] que n'y avrés pas perdu voustre

---

548 MS: *qu'il a en luy.*

temps ne voustre bon service, et besongneray sur ceste entre- 575
prise a mon honneur et prouffit et au voustre par telle maniere
que vous en devrés contenter."

Et atant cesserent d'en plus parler jusques a l'endemain,
auquel jour le roy, qui moult saige estoit, remist tout, car ce
pendant y vouloit adviser soy mesmes aprés qu'il eust eues 580
toutes les opinions des dessus nommés.

Aussi vouloit le bon roy sur ce savoir le vouloir de | [f° 35]
sa fille, par quoy la fist venir en une chambre qu'ilz n'estoyent
que eulx deux.

"Belle fille," dit il, "je vous ay cy faicte venir pour ce que 585
a l'aide de Dieu ay deliberé de vacquer a voustre mariaige.
Vous sçavés que je n'ay nulz enfans que vous et estes ma seule
heretiere. Aussi, comme je vous ay autreffoiz dit, j'ay esté re-
quis pous vous de maintz grans roys et princes. Mais je vous
vueil parler de Othon, lequel vous congnoissés assés, et n'est 590
ja besoing que vous die rien de sa personne. Si | [f° 35 v°] me
semble qu'il seroit bon que l'eussiés en mariaige. Touteffois
je ne le vouldroye faire sans voustre consentement, car vous
avés, Dieu mercy, grant sens et discrection pour y sçavoir bien
adviser a voustre prouffit. Si m'en vueillés presentement dire 595
voustre vouloir."

Ne demandés pas se la belle Florissant eust grant joye de
ces paroles, car elle amoit moult Othon plus que tout le
demeurant du monde. Si commença a rougir et mercia treshum-
blement le roy du bon vouloir qu'il a- | [f° 36] voit envers elle, 600
et luy deist, "Helas, mon seigneur, ce n'est pas raison que me
demandiés ces choses, car vous en povez faire a voustre bon
plaisir; et quant vous me vouldriés bailler pour mary le plus
pouvre homme de voustre royaume, j'en devroye bien estre
contente." 605

Si ne peust avoir le roy autre response d'elle. Maiz bien
cognoissoit il aucunement qu'elle amoit Othon de tout son
cuer plus que nul autre, dont il estoit bien content et luy en
savoit bon gré.

Et quant se vint l'ende- | [f° 36 v°] main amprés disner il 610
fist assembler devant luy tous les seigneurs et conseilliers devant ditz. "Mes bons amis," dit il, "j'ay advisé au mariaige
de ma belle fille, dont je vous ay autreffoiz parlé. Et ay enten-

cion de la bailler a Othon et le faire mon heretier et successeur
universal aprés mon trespas, car, comme sçavés, c'est ung 615
homme qui le vault et digne d'avoir charge du royaume. Et si
aultrement se faisoit, je voy bien qu'il y avroit grant broulliz,
car chascum y vouldroit estre seigneur et | [f° 37] maistre,
donc mes pouvres subgetz seroyent en grant tribulacion pour
les grans debbatz et guerres qui s'en ensuivroyent. Et je con- 620
gnois, si faictes vous trestous le vouloir de cestuy, si me semble que j'en seray trop mieulx servi et suporté en ma vieillesse
et mes neccessités que de homme qui vive. Par quoy vous prie
que de ce vous vueillés contenter, car quant bien avrés a tout
advisé, trouverés que se sera voustre prouffit mieulx que autre- 625
ment."

Et quant ilz ouÿrent le roy ainsi parler et veirent le bon
vouloir qu'il avoit, ilz en furent trestous bien | [f° 37 v°] joyeux,
aussi fut le menu pueple de la cité et de tout le royaume. Touteffoiz y avoit aucuns seigneurs entre les autres qui en furent 630
bien desplaisans pour ce qu'ilz vouloyent que le roy traictast
ailleurs a leur plaisir et avantaige. Mais oncques n'y oserent
contredire ung seul mot, car bien veoyent que Othon estoit
amé et supporté de tout le monde, et ceulx qui ne le amoyent
le redoubtoyent et craignoyent merveilleusement.   635

Et atant manda le roy a Othon qu'il vint par de- | [f° 38]
vers luy, et quant il fut arrivé le roy luy espousa son vouloir.
"Or ça," dit il, "je vous ay cy fait venir pour vous recompenser
des grans services que m'avez faitz, et en ay parlé a mes conseilliers que veez cy. Si ont esté d'oppinion les ungs que je 640
vous devoye donner une grant somme d'or ou d'argent, les
autres que vous devoye tenir en mon service et vous bailler
pension annuelle pour entretenir voustre estat bien et grandement, et aucuns autres que je vous devoye marier en mon ro-
yaume | [f° 38 v°] et vous donner quelque fille de haulte lignee 645
ensemble terres et seigneuries, affin que fussiez plus enclin en
mon service. J'ay advisé de vous faire plus grant chose, car
je vous vueil donner ma fille a femme, et que soyés maistre et
seigneur de mon royaume amprés mon trespas et mon heretier

---

632 MS: *osere.*
646 One would expect an expression such as *a demeurer* after *plus enclin.*

universal. Et tous mes gens qui sont ycy en sont bien joyeux 650
pour les biens qu'ilz scevent en vous, et aussi pour ce que y
prens plaisir, et ne veulent point d'autre seigneur que vous."

"Ha, sire," respondit Othon, "je vous mercie treshum- |
[f° 39] blement, aussi faiz je voz bons serviteurs qui sont ycy.
Touteffois, sire, je ne vueil pas que pour ce petit de service 655
que je vous ay fait vous soyés tenu a moy faire si grant honneur de me bailler voustre fille, car il ne me appartient pas. Et
me devroye bien contenter des premieres oppinions que m'avés
devant alleguees." Ainsi s'excusoit Othon et tousjours se reputoit indigne d'avoir ce mariaige, si que a grans paines l'y povoit 660
on faire accorder; car il sçavoit bien, comme il disoit, que la
fille estoit requise de plusieurs | [f° 39 v°] grans lieux, et ne
vouloit pas que pour luy perdeist si hault avancement qu'elle
trouveroit ailleurs.

Mais le roy luy declaira que tel estoit son plaisir, et que 665
jamaiz autre nul ne la expouseroit. Si s'agenoulla Othon devant luy pour le mercier, mais il le fist lever incontinent. Et
fut envoyee querir la belle Florissant, laquelle y vint; et Dieu
scet comment elle estoit moult bien acompaignee de dames
et damoiselles et richement abillee et aournee, belle chose estoit 670
de | [f° 40] veoir. Si furent ce jour fiencés Othon et la belle
Florissant en grant triumphe et solennité, et fut passé le traitié
de leur mariaige. Et bien saichés que chascum prenoit grant
plaisir a les veoir ensemble, car l'en n'eust sceu dire ne congnoistre lequel des deux estoit [plus] plaisant et agreable au 675
regard de tous, tant estoyent perfaitz tous deux en toutes
choses.

Et, ce fait, vindrent les maistre d'ostelz querir le roy, car
il estoit ja heure de souper. Si fut ung chascum assis a son
de- | [f° 40 v°] voir, et Dieu scet s'il y fut servy d'estranges en- 680
tremaiz. Le souper fait et graces randues a Dieu, commencerent les dances; et la eussiés peu ouÿr luz, orgues, doulcenes
et trompetes, clearons et toutes manieres d'instrumens. Aprés

---

650 MS: *son bien joyeux.*
653 MS: *respond.*
664 MS: *trouvoit.*

les dances commencerent a chanter les damoiselles plusieurs
chançons belles et gracieuses, lesquelles faisoit bel oÿr. Et 685
ainsi demeurerent en tiel jouye et desduit qu'il estoit ja mynuyt
passé. Et alors le roy s'en alla retraire en sa chambre ; aussi
fist toute la compaignie.

COMMENT OTHON ESPOUSA ET EUST EN MARIAIGE
LA BELLE FLORISSANT

| [f° 41] Pou de temps aprés, quant vint le jour des nopces,
eus- | [f° 41 v°] siés veu ariver en la cité roys, ducz, contes, ba-
rons, chivaliers, dames et damoiselles de toutes pars. Si furent
Othon et la belle Florissant moult richement habillez de tous
aournemens, car la n'estoyent pas espargnés draps d'or et de 695
soye, cheynes et couliers d'or moult riches ; brief, merveilleuse
chouse estoit de veoir la grant richesse qui estoit. Et d'autre
part estoyent moult bien en point tous ceulx de la feste, et
avoit chascum mis grant paine a soy bien aourner.

Si allerent a l'esglise le roy Ram- | [f° 42] baux de Frise et 700
Othon et y fut mennee la belle Florissant, fille du roy, en grant
honneur et triumphe, et vous diz bien qu'il faisoit beau veoir
la noble conpaignie qu'illecques estoit, tant princes, barons,
chivaliers, escuyers, dames que damoiselles. Et par la ont ilz
passoyent estoyent les rues de la cité parees et tendues de riches 705
tapis. Si furent expousés Othon et Florissant par l'arcevesque
de la cité et y fut fait le service divin en grant solennité.

Lequel service fait, s'en retournerent au palais | [f° 42 v°]
pour disner, car il estoit ja grant heure. Et qui vouldroit dire
les estranges maiz et entremaiz qui a ce disner furent servis 710
et les diverses manieres de tous jeuz, esbatemens, ystoires, et
toutes façons de instrumens, dances, chançons et autres joyeusetés, ce seroit trop long a raconter, car la feste fut si grande
qu'on n'avoit jamaiz veu la pareille. Si donna Othon grant
quantité d'or, d'argent et autres richesses aux heirauz et men- 715

---

692 MS: *armer.*

nestriers, dont ilz en furent treffort contens | [*f° 43*] et crioyent
"Largesse, largesse!" a haulte voix.

Et d'abondant y eust amprés disner ung tournay moult bien
combatu, auquel Othon ne se voult trouver; car il vouloit laisser l'onneur aux compaignons qui le fasoyent pour amour de 720
luy, pour ce qu'il estoit si gracieux que plus ne pouvoit. Si en
estoyent ilz trestous bien joyeux, car ilz ne vouloyent pas qu'il
y fust pour ce que les aucuns d'eulx l'avoyent autreffoiz veu
en besongne en pareil cas, ou il s'estoit porté si vaillemment
| [*f° 43 v°*] qu'on le tenoit pour ung tresvaillant chivalier; et 725
bien congnoissoyent que s'il s'i fust trouvé nul d'eulx n'eust peu
resister a luy. Or fut donné l'onneur et le prys de ce tournay,
par le jugement et opinion de toute la noblesse et chevalerie
qui la estoit et des dames, a ung noble conte du royaume de
Frise qui sur tous autres y avoit fait de grans armes.   730

Et atant, pou aprés le tournay, s'en allerent souper; et si
au disner avoyent eu diverses manieres d'entremaiz, | [*f° 44*]
jeux, dances, instrumens, chançons et autres esbatemens, encores a ce souper et aprés fut la feste trop plus grande. Si
estoit il ja tard, et vous diz bien qu'il ennuyoit fort a Othon 735
qu'on ne fist plus tost coucher sa femme. Laquelle tantost
aprés on menna dans sa chambre ainsi que chescum s'entendoit aux dances et esbatemens si que bien peu de gens s'en
prindrent garde; et furent tout a cop bien esmerveillez quant
ilz ne la veoyent plus et demandoyent l'ung a l'autre par ont 740
| [*f° 44 v°*] elle estoit passee. D'autre part Othon, aprés ce
qu'elle fut couchee et que chescum ce fut assés joué et esbatu
par le palais, il s'en entra dans la chambre. Et ne sçavoit on
aussi qu'il estoit devenu, car homme ne c'estoit prins garde
de sa despartie; touteffoiz se pencerent ilz bien qu'il estoit 745
avec sa femme pour ce que la porte de la chambre estoit fer-
mee. Et atant cesserent les dances, et s'en alla chescum retraire en sa maison.

Et quant Othon se fut couché avec sa femme povez pencer
qu'il estoit bien | [*f° 45*] a son aise. Si commencerent tantost 750
a deviser tous deux ensemble de moult bonnes et gracieuses

---

737 MS repeats *aprés.*

paroles, en louant Dieu de la grace qu'il leur avoit faicte d'a-
voir permis que leur mariaige fut acomply. Car tant s'entrea-
moyent de bonne amour que c'estoit la chose qu'ilz avoyent
plus desiré en ce monde, combien que de ce n'avoyent pas 755
fait grant semblant. Et Dieu scet s'ilz se entrebaisoyent et
embrassoyent l'ung l'autre par grant amour comme doivent
faire deux loyaulx amans.

Et | [f⁰ 45 v⁰] quant se vint l'endemain, le mariaige con-
sommé, se leverent assés matin. Si fut faicte a ce jour presque 760
si grant feste comme avoit esté le jour des nopces, car le roy
y fist faire joustes par deux chivaliers qui tindrent les rans
quatre jours. Aussi y fut assés dancé et chanté. Et deist le
roy a Othon qu'il fist chanter sa femme une chançon pour
amour de luy. Et alors Othon luy deist en riant qu'elle chan- 765
tast, aussi fist le roy de son cousté. Dont elle commença ung
peu a rougir, et pou | [f⁰ 46] aprés commença sa chançon, car
tant s'entreaimoyent que l'ung d'eulx ne vouloit mais [que]
ce que plaisoit a l'autre. Et bien saichés que plaisante chose
estoit a l'ouÿr, car elle avoit merveilleusement gente voix pour 770
femme; aussi estoit elle moult bien instruite en l'art de musi-
que, et en plusieurs autres bonnes sciences. Et si voulez sçavoir quelle estoit la chançon, la teneur d'icelle s'ensuit cy
aprés.

---

⁷⁶⁴ MS: *chaçon.*

⁷⁶⁸ The line as given in the MS *(ne vouloit mais ce que plaisoit a l'autre)* is patently the contrary of what is meant. Another solution might be: *l'ung d'eulx ne vouloit que ce que plaisoit a l'autre.*

⁷⁷⁰ *gente voix pour femme.* This might imply that women's voices were little esteemed by the author and/or his *milieu.* But cf. lines 684-685.

⁷⁷³ MS: *tenur.* According to Willi Apel, this could refer to the *teneur,* or second voice; but it more probably designates the piece as a whole, since the basic melody lies in the first voice rather than the second.

1-4-7: Le plus par- fait qu'en que
3: Je me doub- toye que
5: Ne de- voit on re-

ma vi- e je vis- se-
plus ne le re- vis- se
gar- der son ser- vi- ce?

Au be- soing a son corps ha- ban-
Veu le pe- ril ou s'es- toit a-
Rai- son vou- loit qu'il en fust guer-

| [f° 48 v°] Doncques comment vous avés ouÿ dessus, l'en 775
faisoit grant feste et plusieurs jeuz et esbatemens au palais
aprés les nopces, tant es dances [et] chançons comme es joustes
des deux chivaliers qui tindrent les rans quatre jours. Si
furent au cinqyesme jour les joustes generalles, ou la plus part
de toute la noblesse qui en la cité estoit se y trouva qui mieulx 780
mieulx. Et vous diz bien qu'il y fut fait de belles armes; maiz
sur tous autres Othon y fist mer- | [f° 49] veilleusement bien,
a quoy le roy prenoit grant plaisir pour la grant amour qu'il
avoit en luy. Et aussi il avoit voulu que Othon fust aux joustes affin qu'il luy veist fere armes; maiz s'i trouva le plus 785
couvertement qu'il peust, car il ne vouloit point estre congneu.

Ce fait, prindrent les princes, seigneurs, dames et damoiselles, qui pour les nopces estoyent venus, congié du roy, de
Othon et de la belle Florissant sa femme et s'en retournerent en leurs |[f° 49 v°] maisons moult contens du roy et des 790
deux mariez, lesquielz leur avoyent donné de riches dons a
chescum sellon ce que luy en appartenoit.

Or povez vous pencer que le roy fut merveilleusement bien
servy et suporté en sa vieillesse et en ses affaires de Othon
tout ainsi que ung bon filz doit faire a son pere. Aussi ne s'i 795
faignoit pas sa femme de son cousté. Si fust elle dans peu de
temps ensaincte d'enfant; et quant se vint au terme d'enfanter, deslivra d'un beau filz, | [f° 50] dont le roy fut merveilleusement joyeux et pareillement Othon. Si fut l'enfant porté a
fons pour baptiser. Et voult le roy qu'il fust appellé Rambaux 800
comme luy, ce que fut fait; et le baptisa ung cardinal qui par
lors estoit venu en la cité.

Ne demandés pas la grant feste qu'on fist a ce baptisement, tant au palais que par tout le royaume. Jamaiz n'y fut
faicte la pareille aprés les nopces devant escriptes. Et tant 805
estoit joyeux le bon roy de veoir ce enffant qu'il luy sembloit
| [f° 50 v°] proprement qu'il estoit en paradis. Car c'estoit ung
merveilleusement beau filz, et aussi luy appartenoit il de l'estre
de par son pere et de par sa mere. "Hé, vray Dieu," dit le roy
Rambaux, "et vous, glorieuse Vierge Marie, je vous doy bien 810

---

784 MS: *justes.*

rendre graces et mercis quant avant ma mort vous plaist que
je voye les enffans de mes enffans a joye, prosperité et liesse!"

L'annee ensuivant, cependant que Othon et sa femme fu-
rent par- | [f° 51] tis du royaume pour aller en ung pellerinaige
de Nostre Dame qui bien estoit loingz de la .xii. bonnes journees, 815
le roy fut moult desplaisant de leur despartie, combien que ce
eust esté de son bon vouloir et consentement. Maiz depuis luy
estoit survenu aucune maladie et se doubtoit qu'il n'en escha-
past jamaiz, veu qu'il estoit vieil et ancien et fort debilité de sa
personne; et n'avoit autre regret fors pour l'absence de ses 820
ditz enffans. Par quoy fist tantost mander | [f° 51 v°] venir
devers luy les aucuns diz seigneurs de son sang et les seigneurs
des trois estas de son pays, ensemble plusieurs de ses vassaulx et subgetz et autres grans clercz de son royaume, tant
gens d'esglise que d'autre estat. Lesquielz aprés ce qu'ilz fu- 825
rent arrivés devers luy il les receust a tresgrant joye.

"Seigneurs," dit, il, "je vous ay cy mandés venir pour ce
qu'ay entencion de faire mon testament et derreniere ordon-
nance au bon plaisir de Nostre Seigneur. Et entre au- | [f° 52]
tres choses vous vueil dire comment je me vueil presentement 830
desmectre de mon royaume et le bailler a mon filz Othon, qui
briefment doit arriver par de ça, car desormaiz vueil entendre
seulement a Dieu servir et pencer au sauvement de mon ame.
Et vous sçavés que pieça l'ay fait mon heretier universel ou
temps de son mariaige et de ma fille. Si me semble qu'en devez 835
estre bien contens et joyeux; car c'est ung homme souffisant
a vous bien gonverner, comme | [f° 52 v°] vous savez, pour ce
que de pieça le congnoissés assés. Et avec ce, vueil que luy
faictes foy et hommaige et le recongnoissiez pour voustre roy
et souverain seigneur incontinent qu'il viendra, et que presen- 840
tement m'en dictes voustre vouloir."

Et quant le roy eust dictes ces paroles, ilz se tirerent a part
par son commandement pour y mieulx adviser et advertir quel
response ilz devroyent faire. Et la en y eust d'aucuns qui bien
estoyent desplaisans que Othon deust estre roy, et disoyent que 845
sa femme | [f° 53] ne povoit succeder a la couronne; ainçoiz

---

821 MS: *mander et venir*
824 *autres grans clerc.* Error for *aucuns grans clercz?*

devoit venir le royaume a autres heretiers collateraulx du
roy, ses plus prouchains lignagiers. Et ce disoyent ilz pour ce
que la chose leur touchoit et a aucuns de leurs parens qui
estoyent de la parenté et lignaige du roy. Maiz ceste opinion 850
fut incontinent reboutee de tous les autres seigneurs et de tout
le pueple, car ilz ne vouloyent point d'autre roy que Othon
aprés la mort de Rambaux. Touteffoiz ne vouloyent ilz pour
rien consentir que Ram | [f° 53 v°] baux se demist de son roy-
aume tant qu'il vivroit, pource que toute sa vie les avoit 855
moult bien gonvernés et entretenus. Mais aprés sa mort estoyent trop bien contens que Othon fut leur roy et alors luy
feroyent foy et hommaige, car au vivant de Rambaux ne le
pourroyent ilz faire. Et de ceste opinion furent tous concordablement.   860

Si vous diz bien qu'il y fut fait de belles allegacions de
toutes pars, tant auctorités, loiz et decretz que raisons naturel-
les. Et disoyent ceulx du clergié qu'il n'estoit pas | [f° 54] ex-
pedient de faire hommaige a Othon tant que leur bon roy
Rambaux seroit en vie. Car si ainsi estoit, ilz avroyent deux 865
seigneurs, qu'est contre le Philozophe ou *Douzeyesme Metha-
phisiques,* ou il dit que toutes choses desirent estre bien dispo-
sees; et pour ce, multitude de seigneurs est mauvaise; donc-
ques doit estre ung seul prince. *Item* le prouvoyent par autre
raison, disans que s'ilz estoyent deux seigneurs, ou ilz avroy- 870
ent une mesme puissance et semblable, et adonc neccessaire-
ment | [f° 54 v°] l'ung de ces deux seigneurs seroit superfleu et
sans cause, que seroit contre nature, laquelle reseque et n'a
cure des choses superflues; ou ilz avroyent divisees puissances
et repugnances, et adoncques l'une de ces deux puissances des- 875
truyroit l'autre, par quoy ne se povoit bonnement faire. Et
d'autre cousté, comme on allegoit de la partie des nobles,

---

[869] A paraphrase of Aristotle's *Metaphysics*, Book 12, Chap. 10, conclusion:

τὰ δὲ ὄντα οὐ βούλεται πολιτεύεσθαι κακῶς,
οὐκ ἀγαθὸν πολυκοιρανίη· εἷς κοίρανος ἔστω.

The second of these lines is from the *Iliad* ii. 204.
[871] MS: *mesmes.*

Nemo duobus dominis servire potest utiliter, On ne puet servir deux princes prouffitablement.

Si furent toutes ces choses remon- | [f° 55] strees au roy, 880 ensemble la complainte et desolacion du menu pueple, lequel quant entendit que le roy se vouloit delaisser de son royaume et ne les vouloit plus gonverner, plouroyent et lamentoyent trestous si que c'estoit chose piteuse. Et sur ces paroles arriverent Othon et sa femme devers le roy, lesquelz furent receuz 885 de luy a tresgrant joye. Et aprés leur bon recueil, qui trop long seroit a reconter, Othon, qui tantost sceust tout ce que avoit esté fait, remercia le roy du bon vouloir qu'il avoit | [f° 55 v°] envers luy. Et touteffoiz luy deist qu'il n'accepteroit point le royaume pour rien qui fust tant que le bon roy vivroit, et qu'il 890 ne se souciast de luy, car il seroit bien d'accort a ceulx du royaume. Lesquelles choses voyant, le bon roy cessa d'en plus parler, disant a tous ses subgetz que jamaiz ne les habandonneroit; ainçoiz les vouloit regir et gonverner tout son vivant. Donc la plus part d'eulx plouroyent de joye quant veoyent 895 son bon vouloir et aussi celluy de Othon, qui si voulentiers | [f° 56] vouloit faire leur plaisir.

Si fut faicte grant feste au palais et en la cité de la venue de Othon et de sa femme. Et pour la grant joye que le roy en eust, se leva de son lit ou il estoit fort malade, et eussiés pro- 900 prement dit qu'il n'avoit nul mal. Et peu de temps aprés guerist, moyennant la bonne diligence qui fut faicte par Othon et sa femme. Et demeura environ ung an faisant bonne chere. Donc tout le peuple estoit moult joyeux, en louant Dieu et luy priant qu'il le fist vivre longuement.   905

| [f° 56 v°] Ci fist le bon preudomme durant celle annee achever de bastir ung hospital, lequel il avoit fait pieça encommencer. Lequel estoit tenu le plus bel hospital et le meilleur qu'on sceust en toute la province, car il estoit basti comme si ce fust ung palais. Et y avoit une chapelle dedans ou 910 Dieu estoit servi chescum jour molt bien, car il y avoit fondé

---

[878] A paraphrase of the Vulgate, *Matthew* VI, 24: "Nemo potest duobus dominis servire."

[895] MS: *pluroyent.*

[904] MS: *et en louant.*

ung colliege de chanoines. Aussi y avoit ordonné et assigné
la vie des pouvres, et commis gens exprés pour les servir. Si
| [f° 57] y avoit plusieurs chambres en cest hospital, ou les
pouvres gens estoyent recuilliz et mis comme il appartenoit 915
sellon leurs indigences et neccessités. Et saichés qu'ilz y estoyent fort bien traitez et tresmisericordieusement servis.

COMMENT RAMBAUX FINA SES JOURS, ET LE GRANT DUEIL QUE OTHON ET SA FEMME EN FAISOYENT

| [f° 57 v°] Or dit le compte en ceste partie que amprés ce que le bon roy Rambaux de Frise | [f° 58] eust achevé le bastiment et fondacion de son hospital il se sentit fort grevé et debilité de sa personne. Pour laquelle cause ung jour fist venir devers luy son filz Othon et sa fille Florissant, ensemble 925 aucuns seigneurs et autres serviteurs de sa maison. Si fist son testament et derreniere voulenté et ordonnance moult bien et notablement, recongnoissant la fin de ses jours en recommandant son ame a Dieu et a la benoite Vierge Marie. Et ordonna la sepulture de son corps en distribuant des | [f° 58 v°] 930 biens que Dieu luy avoit donnés aux esglises et pouvres gens comme ung bon catholic doit faire. Aussi fist illec de grans biens a ses bons serviteurs en les recompensant de leurs services bien grandement, et les recommanda a Othon qu'il les entretint tousjours pour amour de luy. Et pas ne se oublia de 935 luy recommander son hospital, que pareillement le voulsist entretenir et garder qu'il ne fust gasté par mauvaiz gonvernement. Et derechief luy recommanda tous ses vassaulx et au- | [f° 59] tres subgetz de son royaume, qu'il mist paine a les bien gouverner et tenir en bonne paix et union. Ce fait, aprés qu'il 940 eust ordonné son testament [et] se fust confessé, requist pardon a Dieu et a tout le monde. Et, receu le precieux corps de Noustre Seigneur en grant reverence, il rendit l'esperit a Dieu.

Et alors eussiés veu plourer toutes manieres de gens si que c'estoit piteuse chose. Car qui vouldroit dire les grans pleurs 945 et gemissemens qui furent au palais, a la cité et par tout le royaume, trop long seroit a le reconter; maiz sur | [f° 59 v°]

tous autres Othon et sa femme en mennoyent merveilleusement grant dueil. Si fut il sevely moult honnorablement, comme raison estoit. Et belle chose estoit a veoir son obseque et 950
le service divin qui ce jour et toute la quaranteine fut fait
pour le remede de son ame, aussi de veoir acomplir les belles
ordonnances qu'il avoit faictes en son testament, comme
messes et autres fondacions en divers lieux, lesquelles Othon
peracheva et enquores plus avant. Et touchant l'ospital fist 955
merveilleusement son devoir en augmentant et acroissant les
biens d'icelluy, | [*f° 60*] donc il fut loué et prisié de tout le
monde.

---

953 MS: *ordonnannances.*

COMMENT OTHON FUT FAIT ET COURONNE ROY DE FRISE ET SES VASSAULX LUY FIRENT FOY ET 960 HOMMAIGE

| [f° 60 v°] En celluy temps que le bon roy de Frise estoit malade en son lit, duquel mal il trespassa, advint que le roy de Espaigne, oncle de Othon, faisoit ung voyage a une esglise de Noustre Dame en aulcune contree estrange prouchaine du 965 royaume de Frise. Et par quelque ochoison ouÿt dire que en Frise estoit de long temps venu ung grant seigneur estrangier lequel par sa prouesse avoit conquis le roy de Dampnemarche en plain champ de bataille, lequel avoit fait plusieurs oultraiges au roy de Frise et estoit entré en son | [f° 61] royaume 970 a grant puissance d'armes, et que le roy de Frise avoit donné sa fille en mariaige au distz Othon et l'avoit fait son heretier et seigneur de son royaume amprés son trespas en reconpense des services qu'il luy avoit fait contre le roy des Dampnoiz. Et pour ce que le roy d'Espaigne l'avoyt ouÿ nommer Othon, 975 s'enquist de quel pays is estoit. Ci luy fust dit qu'on ne sçavoit, fors que il parloit mieulx le langaige espaignol que nul aultre des contrees de par de la, et se pensoyent tous qu'il fust filz de quelque grant seigneur d'Espaigne. Si se pensa | [f° 61 v°] le roy que ce pourroit bien estre son nepveu, qui 980 jadiz long temps s'estoit partis d'Espaigne pour soy esprouver en diverses contrees en faitz d'armes.

Si envoya une ambaxade au ditz Othon pour sçavoir de certain s'il estoit son nepveu ou non. Et quant ilz furent par de la, ilz trouvarent que le roy de Frise estoit ja mort et que 985

---

⁹⁷¹ MS: *armez.*

l'en traictoit du coronnement de Othon. Si vindrent les ditz
ambaxadeurs par devant ly, et furent treshaultement receus de
ly, de sa femme et de tous les grans princes et seigneurs de sa
court. Et Dieu scet com- | [f° 62] ment ilz furent grandement
festoyez, car Othon avoit commandé qu'on ne leur espernast 990
rien qui fust pour amour de son oncle. Et quant ilz eurent
parachavé leur ambaxade, prindrent congié et s'en retournarent devers le roy d'Espaigne, disans tant de biens de Othon
et de la belle Florissant que c'estoit une merveilleuse chose
de les ouÿr. Et racompterent au roy comment Othon les avoit 995
receuz si grandement que plus ne povoit pour honneur de ly.
Puis ly baillerent unes lectres par lesquelles Othon faisoit a
sçavoir le jour | [f° 62 v°] de son coronement et ly prioyt de
tout son cueur qu'il ly pleust y estre au dist jour. Donc le
roy d'Espaigne fust merveilleusement joyeux quant il entendit 1000
ces nouvelles, car pieça mais n'en avoit ouÿ; et cuidoit on
pour lors aux Espaignes que Othon fust mort quelque part pour
ce que long temps s'en estoit departis. Si s'appresta le roy
pour venir devers son nepveu a tout son grant bernage. Et
fist a sçavoir a Othon comment il venoit devers ly.   1005

Ne demandés pas quel joye eust Othon de la venue de |
[f° 63] son oncle. Si ala au devant de luy une grant journee.
Et quant ilz se recontrarent, homme vivant ne pourroit pen-
ser la feste que l'ung fist a l'autre. Et Othon mercia moult le
roy de l'onneur qu'il luy faisoit et de la grant paine qu'il en 1010
avoit prise.

Et a ce jour que Othon fut couronné n'eussiez veu par toute
la cité que jeuz, dances et esbatemens, trompetes, mennestriers
et autres instrumens, maiz sur tout au palais estoit la feste
grande et honnorable. Si y furent faictes unes belles joustes 1015
ou y avoit | [f° 63 v°] de moult nobles et vaillans chivaliers,
tant d'Espaigne que de Frise, lesquielz faisoit beau veoir sur
les rans, car ilz estoyent mervellieusement bien em point et
avec ce fasoyent bien devoir chescum a son endroit. Si fut
donné l'onneur des joustes a ung noble chivalier des gens du 1020
roy d'Espaigne, lequel chivalier sur tous autres y avoit fait

---

1006 MS repeats *la venue de*.

de grans armes et auquel le roy Othon de Frise donna de
moult beaux et riches joyaux et aournemens, tant d'or [et]
d'argent que de piarres precieuses. Aussi fist il aux au- | [*f⁰ 64*]
tres chivaliers et escuyers d'Espaigne. Et en tiel joye et plaisir 1025
dura la feste huic jours entiers. Aprés lequel temps le roy
d'Espaigne s'en voult retourner. Maiz bien vous diz que grant
regret avoit il et pareillement Othon et la royne de Frise sa
femme quant prindrent comgié l'ung de l'autre. Si le convoya
Othon une journee, et aprés s'en retourna en son palais.   1030

Et la luy firent foy et hommaige les princes, chivaliers et
seigneurs de son royaume qui la estoyent venus a son cou-
ronnement, et promirent a | [*f⁰ 64 v⁰*] le servir bien et loyal-
ment de leur povoir comme ilz avoyent fait Rambaux son
predeccesseur, et mieulx s'il leur estoit possible. Aussi les 1035
traictoit Othon moult gracieusement, et avec ce leur donna
de riches dons a chescum sellon qu'il luy en appartenoit. Donc
ilz estoyent merveilleusement contens et louoyent Dieu qui si
bon seigneur leur avoit donné, en luy suppliant qu'il le voulcist garder et preserver de tout ennuy.   1040

Si alla Othon pou amprés par tout son royaume, ou il
sejournoit en chescune de ses terres et seigneuries trois ou
quatre jours | [*f⁰ 65*] pour y mieulx acoustrer et ordonner son
fait, ce qu'il faisoit moult honnorablement et justement. Et la
luy venoyent faire foy et hommaige les seigneurs d'environ 1045
la ou il passoit, lesquielz n'avoyent point esté a son couronne-
ment. Si fut il receu par tout son royaume a grant liesse et
honneur. Et a toutes les villes et citez qu'il alloit, luy faisoyent
des dons ses subgetz sellon leur faculté et povoir, a celle fin
qu'ilz fussent mieulx en sa grace et qu'il fust enclin et obligé 1050
a les aider, suporter et secourir en leurs neccessitez, aussi qu'il
les maintenist en leurs libertés et | [*f⁰ 65 v⁰*] franchises ancien-
nes comme avoyent fait ses predeccesseurs. Car ilz n'estoyent
taillables a voulenté, maiz bien avoyent a coustume luy donner
chescum an une certaine somme de leur franc vouloir sellon 1055
ce qu'ilz veoyent ses affaires et qu'il en avoit besoing. Ce que
Othon leur promist voulentiers et le fist aprés moult enten-
tivement, et encores plus avant, quant le requeroyent d'aucune
chose.

Ainsi regna Othon en bonne prosperité et gouverna son 1060
royaulme en grant paix, transquilité et union l'espace de tren-
te | [f° 66] cinq ans. Durant lequel temps alla et se trouva
en plusieurs batailles et armees pour aider et secourir ses parens et amis quant ilz l'en requeroyent, ou il fist maintes armes
et beaux faitz dignes de memoire, et ce en raison et justice. 1065
Laquelle il faisoit moult bien administrer par tout son royaume aux pouvres comme aux riches, et bien se gardoit a son
pouvoir de faire aucun tort a autruy. Aussi faisoit de grans
biens [et] supors aux femmes voisves, enffans orphelins et a
toutes autres pouvres gens. Especialment avoit | [f° 66 v°] il 1070
grant compassion et pitié de gens nobles quant pour fortune
perdoyent leurs biens et n'avoyent de quoy vivre, car plusieurs
en y a qui se lerroyent morir de fain aucuneffoiz avant qu'ilz
mendiassent leur vie. A quoy il prenoit bien garde, et leur
faisoit beaucop de biens en la meilleur façon qu'il povoit, 1075
a celle fin qu'ilz n'eussent occasion d'estre larrons ne faire
aucun villain cas. Quant il y avoit aucuns seigneurs en sa
court ou en son royaume qui eussent debbat et contencion,
luy mesmes les accordoit le plus justement et raisonnablement
qu'il povoit, car | [f° 67°] moult estoit il humble, charitable et 1080
courtois. Si estoit il fier en armes a ses ennemys, si que on le
redoubtoit moult. Et sur toutes choses amoit Dieu de tout
son cuer et bien gardoit ses commandemens et de saincte
esglise.

Mais si de son cousté il estoit assés perfait en toutes 1085
choses, Florissant sa femme ne l'estoit pas moins, par quoy ilz
vivoyent en leur mariaige moult sainctement et honnorablement. Et tant estoyent amez, louez et prisiez que de leur bonne
vie et renom- | [f° 67 v°] mee estoit bruit par tout le monde.
Si que par la tressaincte conversacion en quoy ilz userent leurs 1090
jours, tousdiz acroissant en bonnes œuvres, l'en puet raisonnablement croire et juger que amprés leur trespas furent glo-
rieusement colloqués au royaume de paradis.

Deo gracias.

1069 Another possible emendation is: *grans et biens supors, biens* being
used adjectivally here as elsewhere.

| [f° 1] Et la principale ville du pays de Frise est nommee 1095
Fristen, qu'om appelle Frise en françois; et la le bon roy se
tenoit, par ce que la dicte ville estoit bien bastie et moult fort
et bien remplie de gens de façon. Et la le bon roy jouieusement
fina ses jours et se fist enseveilhir en la grant esglise de la
dicte ville, pour ce que il s'i estoit ramdus. Et est la dicte ville 1100
la plus marchande du pays, car elle est situee entre la hault
Frise et la basse. Et en y a moult d'autres grandz villes merchandes que correspondent a elle, dont la premiere est nommee
Grumighen, la secunde Swolle, la | [f° 1 v°] tierce Campen, la
quarte Davanteer. Et toutes cez villes sont merchandes et 1105
ornees de rivieres qui sont descendans devers Horlande
et Zierlande et devers la mer. Car, etc.

1096 *Fristen, Frise.* This city seems to exist only in the imagination of
the author, unless he means a city referred to by Gilles le Bouvier in his
description of "Sellande" (Zeeland): "y a deux bonnes villes: Frise [edi-
tor: Vlissingen, Flessingue] et Meldebourc [ed.: Middelbourg]." (Op. cit.,
p. 107.) Vlissingen and Middelbourg are indeed in Zeeland. Is Vlissingen
the city of Fristen-Frise mentioned in Rambaux? If so, the author, who
normally distinguishes between Frisia, Holland, and Zeeland, is mistaken
in his geography.

1100 *Il s'i estoit ramdus.* The usual meaning, of becoming a monk,
evidently does not apply here, since such an event is nowhere mentioned
in the text proper.

1101 *est* has been inserted in the MS, seemingly by the same hand, above the line between *elle* and *situee.*

1106 MS: *et sont descendants.* It is true that the rivers on which these
cities are situated flow into the sea; but only the Ijssel could be considered
to flow in the direction of Holland, and none of them "descends" toward
Zeeland.

GLOSSARY

This list includes words that do not occur in the modern French vocabulary, and also words still in use if employed in the text in unusual expressions or if their form or meaning differ considerably from the current ones. In the case of words with more than one meaning, the definition given is the one applicable to this text.

abondant, 718. S.m.; *d'abondant,* in addition.
ainçoiz, 846. Adv., rather, instead.
ains, 45. Conj., but.
amprés, 221, etc. Prep., near. 610, 973, 1092, after.
amprés que, 372. Conj., after.
aournemens, 695. S.m., adornments.
aourner, 699. Inf., to adorn. *aournee,* 670, p.p.
arrenchés, 293. P.p. of *arrencher,* to arrange; *arrenchés en bataille,* drawn up in battle order.
atant, 73. Adv., then.
aucunement, 607. Adv., somehow.
aucuns, 175, 517, 534. Adj., some, certain.
auffort, 42. Adv., still, nevertheless.
bernage, 1004. S.m., following of knights.
besongner, 504, 511. Inf., to work, to attend to. 96, to succeed.
briefment, 832. Adv., soon, shortly.
brouilliz, 617. S.m., strife.
ci, 389, 976. Conj., and, and so.
clearons, 683. S.m., clarions.
colloqués, 1093. P.p. of *colloquer,* to place.
combien que, 77, 534, 816. Conj., although.
concordablement, 509, 859. Adv., in accord.
conversacion, 513, 1090. S.f., manner of life.
cressoit, 381. Impf. 3 of *creistre,* to grow.
cuyder, 347. Inf., to believe. *cuyde,* 474, pres. ind. 1.
debouter, 87. Inf., to expell.
declairoyent, 247. Impf. 6 of *declairier,* to make clear.
desmarchoit, 323. Impf. 3 of *desmarchier,* to draw back.
desplaisant, 282, 631, 816, 845. Adj., displeased, angry.
desservir, 420. Inf., to recompense.
destrousse, 359. S.f., taking of plunder.
devoir, 679. S.m.; *assis a son devoir,* seated at table (?).

disner, 709. S.m., midday meal.

doint, 152. Pres. subj. 3 of *donner*, to give.

dommaigié, 307. P.p. of *dommaigier*, to harm.

doulcenes, 682. S.f., reed instruments.

endementiers que, 439. Conj., while.

enderenier, 212. S.m.; *a l'enderenier*, finally.

ens, 414. Adv., in, inside.

ensemble, 329, 646, 925. Prep., together with.

entalenté(s), 55, 498. P.p. of *entalenter*, to cause to desire.

esbandissoit, 308. Imp. 3 of *esbandir* (var. of *esbaudir*), to cheer, to encourage.

espousa, 637. P. def. of *espouser* (var. of *exposer*).

expouseroit, 666; *expousés*, 706. Cond. and p.p. of *expouser* (var. of *espouser*).

exprés, exprez, 289, 913. Adj.; var. of *expers*.

façon, 1098. S.f.; *gens de façon*, worthy people.

faignoit, se, 796. Imp. 3 of *se faindre*, to be lazy or negligent.

faillir, 324. Inf., to miss someone, to allow someone to escape.

fier, 1081. Adj., fierce, terrible.

fina, 16, 1099; *finee*, 2. P.def. 3 and p.p. of *finer*, to end.

finer, 106. Inf., to obtain.

fois, 521. S.f.; *par une fois*, all at once.

habandonné, a, p. 74 (in song); habandonnerent, 348. P.indef. 3. and p.def. 6 of *se habandonner (habandonner son corps)*, to hazard, to encur danger.

habandonné, 364. Adj., liberal.

hospital, 907, 936. S.m., almshouse.

illec, 932. Adv., there.

incontinent que, 840. Conj., as soon as.

ja, 985. Adv., already.

jus, 305, 329. Adv., down.

largesse, 717. S.f.; exclamation of gratitude.

lerroyent, 1073. Cond. 6 of *laissier*, to permit.

lieu(x), 191, 662. S.m.; *grant lieu*, person or family of high rank.

louger, 254. Inf., to encamp.

lougis, 357, 373. S.m., encampment.

luz, 682. S.m., lutes.

mais, maiz, 768, 1001. Adv., never; *a tousjours maiz*, 447, forever.

maiz, 447, 710. S.m., dishes.

noé, 395. S.f.; exclamation of joy (var. of *noel*).

ochoison, 966. S.f., chance.

ont, 704. Adv., where.

ores, 314. Adv., henceforth.

ou, 441. Prep.; var. of *eu* (<*en le*).

par quoy, 53, 83, etc. Conj., owing to which circumstance.

perforsa, se, 104. P.def. 3 of *se perforser*, to attempt.

pou, 372. Adv.; var. of *peu*.

prins, 358, P.p. of *prendre*.

rendon, 326. S.m.; *a grant rendon*, with force.

si, 63, etc. Conj., and, and so.

songneux, 485. Adj., anxious.

souper, 440, etc. S.m.; evening meal.

sueffre, 20. Pres. subj. 3 of *soffrir*, to permit.

taillables, 1054. Adj., taxable.

trebucher, 304. Inf., to fall; 326, to overthrow.

trop(t), 210, 622. Adv., very, very much.

vacquer, 586. Inf., to attend to.

veez, 431, 640. Imper. of *veoir,* to see; *veez cy* = *voici.*

voisves, 1069. S.f., widows.

voulcist, 1039; *voult,* 327, 719. Imp. subj. and p.def. of *voloir,* to wish.

vueil, p. 75 (in song). S.m., desire.

INDEX OF PROPER NAMES

References are to lines of the text. Modern French forms of the names appear in parenthesis; a question mark indicates that the name has not been identified.

WORKS CITED

AEBISCHER, PAUL. "Raimbaud et Hamon: une source perdue de la *Chanson de Roland.*" *Le Moyen Age,* LXIII (1957), 23-54.

ARISTOTLE. *Metaphysics,* trans. Hugh Tredennick. Loeb Classical Library. 2 vols. London, 1933.

Aye d'Avignon, ed. F. Guessard et P. Meyer. Paris, 1861.

Bauduin de Sebourc, ed. M. L. Boca. Valenciennes, 1841.

BEAULIEU, MICHÈLE, et JEANNE BAYLÉ. *Le Costume en Bourgogne de Philippe le Hardi à la mort de Charles le Téméraire (1364-1477).* Paris, 1956.

BEAULIEUX, CHARLES. *Histoire de l'orthographe française.* 2 vols. Paris, 1927.

BOELES, P. C. J. A., et al. *Algemene Geschiedenis der Nederlanden.* 13 vols. Utrecht, 1948-59.

BRUNOT, FERDINAND. *Histoire de la langue française des origines à 1900.* 4th ed. 13 vols. Paris, 1933-53.

Bulletin d'information de l'Institut de Recherche et d'Histoire des Textes (Ed. du Centre Nationale de la Recherche Scientifique, no. 4). Paris, 1955.

CALMETTE, JOSEPH. *Les Dernières Etapes du moyen âge français.* Paris, 1944.

"Catalogue de la bibliothèque du marquis de Paulmy (Catalogue raisonné d'une grande bibliothèque)." 20 vols. MS; 18th century.

La Chanson de Roland, ed. Joseph Bédier. Paris, 1922.

CHAYTOR, H. J. *From Script to Print.* Cambridge, 1950.

ENLART, CAMILLE. *Manuel d'archéologie française.* 3 vols. Paris, 1916.

EVANS, JOAN. *Dress in Mediaeval France.* Oxford, 1952.

FLUTRE, LOUIS-FERNAND. *Table des noms propres avec toutes leurs variantes figurant dans les romans du moyen age.* Poitiers, 1962.

FOULET, LUCIEN. *Petite Syntaxe de l'ancien français.* 3rd ed. Paris, 1930.

GARDNER, ROSALYN, and MARION A. GREENE. *A Brief Description of Middle-French Syntax.* Chapel Hill, 1958.

Gaufrey, ed. F. Guessard et P. Chabaille (Anciens Poètes de la France). Paris, 1859.

GEORGES CHASTELLAIN. *Œuvres,* ed. Kervyn de Lettenhove. 8 vols. Bruxelles, 1866.

GILLES LE BOUVIER, dit BERRY. *Le livre de la description des pays,* ed. E. T. Hamy (Recueil de voyages pour servir à l'histoire de la géographie depuis le XIIIᵉ jusqu'à la fin du XVIᵉ siècle). Paris, 1908.

Girart de Roussillon, ed. K. H. Hackett (Société des Ancients Textes Français). 2 vols. Paris, 1953-55.

————, trans. Paul Meyer. Paris, 1884.

GODEFROY, FRÉDÉRIC. *Dictionnaire de l'ancienne langue française.* 10 vols. Paris, 1881-1902.

Grandes Chroniques de France, ed. Jules Viard (Société de l'Histoire de France). 9 vols. Paris, 1920-37.

GRÖBER, GUSTAV, ed. *Grundriss der romanischen Philologie.* 2 vols. Strassburg, 1902. Neue Folge, Berlin-Leipzig, 1933.

Gui de Nanteuil, ed. Paul Meyer. Paris, 1861.

Hugues Capet, ed. Marquis de la Grange. Paris, 1864.

HUIZINGA, J. "L'état bourguignon, ses rapports avec la France, et les origines d'une nationalité néerlandaise." *Le Moyen Age, XL* (1930), 171-93; XLI (1931), 83-96.

HUON LE ROI. *Le Vair Palefroi,* ed. Artur Långfors. Paris, 1912.

JEAN BODEL. *La Chanson des Saxons,* ed. Francisque Michel. 2 vols. Paris, 1839.

JEAN FROISSART. *Œuvres complètes,* ed. Kervyn de Lettenhove. 28 vols. Bruxelles, 1867-77.

JEAN GERMAIN. *Liber de virtutibus Philippi Burgundiae ducis,* ed. Kervyn de Lettenhove (Chron. relat. à l'hist. de la Belgique s. l. dom. des ducs de Bourg., III). Bruxelles, 1876.

JEAN MOLINET. *Chroniques,* ed. Georges Doutrepont et Omer Jodogne. 3 vols. Bruxelles, 1935-36.

JEAN DES PREIS, dit D'OUTREMEUSE. *Œuvres,* ed. Ad. Borgnet et S. Bormans. (Coll. des chron. belges 1-VII). 7 vols. Bruxelles, 1864-87.

JONGKEES, A. G. "Het Koninkrijk Friesland in de vijftiende eeuw." Groningen, 1946.

KELLY, FRANCIS M., and RANDOLPH SCHWABE. *A Short History of Costume and Armour.* London, 1931.

KIRCHNER, JOACHIM, ed. *Scriptura latina libraria.* München, 1955.

LANGLOIS, ERNEST. *Table des noms propres de toute nature compris dans les chansons de geste imprimées.* Paris, 1904.

LE ROUX DE LINCY, A.-J.-V. *Catalogue de la bibliothèque des ducs de Bourbon en 1507 et en 1523.* Paris, 1850.

LOTE, GEORGES. *Histoire du vers français.* 3 vols. Paris, 1949-55.

MARTIN, HENRY. *Catalogue des manuscrits de la Bibliothèque de l'Arsenal.* 8 vols. Paris, 1899.

MOLINIER, AUGUSTE. *Sources de l'histoire de France.* 2 vols. Paris, 1904.

NORRIS, HERBERT. *Costume and Fashion.* 2 vols. London, 1927.

OLIVIER DE LA MARCHE. *Mémoires,* ed. Beaune et d'Arbaumont (Soc. Hist. de France). 4 vols. Paris, 1883-88.

PARIS, GASTON. *Histoire poétique de Charlemagne.* Paris, 1865.

PHILIPPE MOUSKÉS. *Chronique rimée,* ed. Baron de Reiffenberg. 3 vols. Bruxelles, 1836-45.

POPE, M. K. *From Latin to Modern French.* Red. ed. Manchester, 1956.

RAIMBERT DE PARIS. *La Chevalerie Ogier de Danemarche.* 2 vols. Paris, 1842.

RASMUSSEN, JENS. *La Prose narrative française du XVe siècle.* Copenhague, 1958.

Renaus de Montauban, ed. Heinrich Michelant. Stuttgart, 1862.

Li Romans de la dame a la lycorne et du biau chevalier au lyon, ed. Friedrich Gennrich. (Gesellschaft für Romanische Literatur, Band 18). Halle, 1908.

SÖDERHJELM, WERNER. *La Nouvelle française au XVe siècle.* Paris, 1910.

WOLEDGE, BRIAN. *Bibliographie des romans et nouvelles en prose française antérieurs à 1500.* Genève, 1954.